www.tredition.de

AF196876

HOPPLA ... es weihnachtet

Der etwas andere Adventskalender

www.tredition.de

© 2019 Küstenautoren Kerstin Schreiber
Lektorat, Korrektorat: Kerstin Schreiber

Verlag und Druck: tredition GmbH, Halenreie 40-44, 22359 Hamburg

ISBN
Paperback: 978-3-7497-2865-7
Hardcover: 978-3-7497-3045-2
e-Book: 978-3-7497-3046-9

KÜSTENAUTOREN

HOPPLA ...es weihnachtet

Der etwas andere Adventskalender

Inhalt

Vorwort 10

Weihnachtsbräuche 12
1. Dezember - Schrott-Julklapp 17
von Kerstin Schreiber
2. Dezember – Zeit füreinander 21
von Kerstin Schreiber

Rezept: Weihnachtsbratäpfel mit Haube 24
3. Dezember – Sehnsüchtige Erwartungen 25
von Frank Volkelt

4. Dezember – Jakob 28
von Frauke Sattler

5. Dezember – Der wackere Friedhelm 31
von Kerstin Schreiber

6. Dezember - Der kleine Engel Schabernack 34
von Kerstin Schreiber

Rezept: Schabernacks Karamellbonbons 38
7. Dezember - In der Nähstube 39
von Frauke Sattler

8. Dezember – Ist das noch Weihnachten 42
von Frank Volkelt

9. Dezember – Sommer, Sonne….Weihnachtsmann 46
von Kerstin Schreiber

10. Dezember – Ein besonderes Weihnachtsmärchen 49
von Kerstin Schreiber

Rezept: Märchenpfannkuchen 52

11. Dezember – Der 24. Dezember 54
von Frauke Sattler

12. Dezember – Der Engel der Armen 56
von Kerstin Schreiber

13. Dezember – Ein besonderes Geschenk 64
von Frauke Sattler

Erklärung – Rauhnächte 66
von Frauke Sattler

14. Dezember – Das Friedenslicht 69
von Frauke Sattler

15. Dezember - Ein Geschenk kommt nie zu spät 73
von Frank Volkelt

16. Dezember – Alle Jahre wieder 75
von Kerstin Schreiber

Rezept: Weihnachtliche Mohnspeise 80

17. Dezember – Omas Weihnachtsfest   81
von Kerstin Schreiber

18. Dezember – Die Weihnachtspyramide   85
von Kerstin Schreiber

19. Dezember – Das Weihnachtsdorf   88
von Kerstin Schreiber

Rezept: Kikki´s Nussecken   92

20. Dezember – Ein Geschenk aus Schweden   93
von Frank Volkelt

21. Dezember – Ein Engel Namens Lotta   96
von Kerstin Schreiber

22. Dezember – Christrose *Kerstin Schreiber*   99

23. Dezember – Der riesengroße Schneemann   102
Autor unbekannt

24. Dezember – Annika´s Weihnachtsmärchen   106
von Kerstin Schreiber

Rezept: Weihnachts-Schneekugeln   111

Ein kleiner Baumwollfaden   112
Autor unbekannt

1. Weihnachtstag – Tom und Tomke   114
von Frauke Sattler

2. Weihnachtstag –
Das kleine Mädchen mit den Schwefelhölzern   127
    von Christian Andersen

Die Traurigkeit   132
    Autor unbekannt

Der Tannenbaum   135
    von Christian Andersen

Nachwort   140

Die Autoren   141

Veröffentlichungen   143

Vorwort:

Liebe Leserinnen und Leser,

wir freuen uns sehr, dass Sie sich für unser Buch entschieden haben.

Wieder entführen wir Sie auf eine ganz besondere Reise, dieses Mal durch die Weihnachtszeit.

„Wir", das sind die drei Küstenautoren Kerstin Schreiber, Frank Volkelt und Frauke Sattler. Ein Geschichten-Adventskalender - jeden Tag eine neue Weihnachtsgeschichte!
Das Weihnachtsbuch enthält 24 schöne weihnachtliche und in sich abgeschlossene Geschichten. Hiermit soll das Warten auf Weihnachten versüßt werden. Ob für sich zum Selberlesen oder zum Vorlesen gedacht. Der etwas andere Adventskalender. Täglich eine wunderschöne Weihnachtsgeschichte leitet durch den Advent.
Zu den Weihnachtstagen wird es noch zusätzliche Bonusgeschichten geben.
Hier haben die Autoren viel Gefühl und Herzblut reingesteckt. Die Geschichten sind alle unterschiedlich.
Zum Teil rührend, lustig oder auch spannend. So kann man sich auf Weihnachten vorbereiten. die besinnliche Stimmung wird langsam aber sicher aufgebaut werden..

Ihr Küstenautoren-Team.

Kerstin Schreiber, Frank Volkelt und Frauke Sattler.

Hier beginnt nun unser Adventskalender, ein Geschichten-Adventskalender.

Täglich eine schöne Geschichte zur Weihnachtszeit, bis hin zum Weihnachtsabend und sogar darüber hinaus. Vorab stellen wir uns die Frage, welche Weihnachtsbräuche es bei uns gibt. Auch wollen wir das Wissen weitergeben, was diese Weihnachtsbräuche eigentlich bedeuten. Viele feiern vielleicht das Weihnachtsfest, ohne zu wissen, was die einzelnen Bestandteile dieses schönen Festes bedeuten.

Weihnachtsbräuche

Weihnachten

Jedes Jahr wird es gefeiert, für viele Kinder ist es die schönste Zeit im Jahr, die meisten Menschen machen sich aber kaum richtig Gedanken um die Bedeutung von Weihnachten. Wir haben uns gefragt, wo das Wort an sich eigentlich herkommt und was es zu bedeuten hat. Das Wort "Weihnachten" leitet sich ab von der mittelhochdeutschen Wendung "(ze den) wîhen nahten", "(zu den) heiligen Nächten". In der Bibel steht, dass zu dieser Zeit vor etwas mehr als 2000 Jahren, Jesus Christus geboren wurde. Daher sind die Nächte um den 24. Dezember herum als heilig erklärt worden und dieses Fest feiern wir bis heute.

Der Weihnachtsbaum

Zu den beliebtesten Weihnachtsbräuchen gehört natürlich der Weihnachtsbaum. Hier handelt es sich um ein sehr altes Brauchtum. Einst hingen die Menschen immergrüne Tannenzweige auf, um damit die bösen Geister aus ihrer Wohnung zu vertreiben und fernzuhalten. Erst im 15. Jahrhundert entwickelte sich der Weihnachtsbaum, wie wir ihn heute kennen, zu einem Brauch. In alten Schriften findet man Informationen darüber, dass man zu jener Zeit begann, Bäume im Wald abzusägen und festlich zu schmücken. Die Idee, einen geschmückten Nadelbaum ins Wohnzimmer zu stellen, entstand also vor gut 400 Jahren. Damals war der Brauch, den Weihnachtsbaum mit Nüssen, Äpfeln und Süßigkeiten zu schmücken und die Kinder durften ihn dann am Heiligen Abend plündern. Heute schmücken wir ihn mit Kerzen und Kugeln und schaffen so einen schönen Platz für all die Geschenke, die wir darunter platzieren. Dieser Brauch hat sich mittlerweile auf der ganzen Welt durchgesetzt. Je nach Region wird er als Weihnachtsbaum, Christbaum oder Tannenbaum bezeichnet.

Weihnachtsmann

Im 16. Jahrhundert entstand der Weihnachtsmann. Er war damals ein bewusst erzeugtes Kunstprodukt und sollte als Gegensatz zum Heiligen Nikolaus dienen. Seine Optik war nicht festgelegt, sondern unterlag immer den zeitgenössischen Einflüssen. 1932 prägte eine Werbekampagne von Coca-Cola jedoch das Aussehen des Weihnachtsmannes erheblich. Heute stellen wir uns nahezu überall auf der Welt darunter einen freundlichen älteren Mann mit langem weißem Rauschebart, rotem Mantel und mit Mütze mit Pelz besetzt in einem rot-weißen Kostüm vor, der den Kindern Geschenke bringt. In Nord-, Mittel- und Ostdeutschland werden die Kinder vom Weihnachtsmann beschenkt. Im Westen und Süden

Deutschlands erhalten die Kinder ihre Präsente haupt-
sächlich jedoch vom Christkind.

Adventskranz

In der Adventszeit zünden viele Menschen an jedem
Sonntag eine weitere Kerze auf dem Adventskranz an.
Auf diese Weise verdeutlichen sie, dass der Heiligabend
immer näher heranrückt. Der Hamburger Theologe
Wiechern gilt als Erfinder des Adventskranzes. So wurde den Kindern die Zeit bis Weihnachten verdeutlicht.
Früher bestand er aus 24 Kerzen. Eine Kerze wurde täglich dazu angezündet. Für die heiligen Sonntage gab es
jeweils größere Kerzen. Deshalb besitzt
der Adventskranz, der heute in vielen Haushalten die
Tische dekoriert, auch die vier großen Kerzen für die
vier Sonntage vor Weihnachten.

Adventkalender

Der Adventskalender entstand im Laufe des 19. Jahr-
hunderts im deutschsprachigen Raum und hatte viele
Vorläufer. Da die Zeit, besonders die Wartezeit auf
Weihnachten, eine eher abstrakte Größe ist, begannen
Eltern grob um 1840 damit, sich verschiedene Möglich-

keiten auszudenken, um Ihren Kindern die noch verbleibende Zeit greifbar zu machen und um das Besondere und Festliche der Adventszeit herauszuheben. Vorab waren diese 24 Tage des Wartens täglich mit bunten Bildchen bestückt, später gab es sogar noch Verse dazu. Der Adventskalender wurde zum Zeitmesser bis zum Heiligabend. Die Vorfreude auf das Weihnachtsfest wurde so nur noch gesteigert. Die früheren Kalender hatten jedoch keine Türchen, so wie wir es heute kennen. Etwas später wurden die Adventskalender mit Äpfeln, Gebäck und auch Schokolade versehen. Seit den ersten Anfängen im 19 Jahrhundert wurden mit viel Leidenschaft individuelle Adventskalender gebastelt, eigene Ideen entwickelt und umgesetzt. Längst sind es nicht mehr nur Kinder, die Adventskalender geschenkt bekommen, auch Erwachsene beschenken sich gegenseitig und Kinder basteln Adventskalender für Ihre Eltern. Form, Art und Aussehen haben sich im Laufe der Zeit gewandelt. Gleich geblieben ist die Mission des Adventskalenders: Anderen Menschen Freude zu bereiten. Er ist Ausdruck der Einzigartigkeit der Weihnachtszeit und der Vorfreude auf Heiligabend. In Skandinavien entstand damals der Brauch, eine Kerze in 24 Abschnitte zu unterteilen und jeden Tag ein Stück weiter abbrennen zu lassen.

Küssen unter dem Mistelzweig

Dieser sogenannte Kuss unter dem Mistelzweig soll dazu führen, dass ein Paar ein Leben lang glücklich bleibt. Wie bei so vielen Weihnachtsbräuchen reicht die Geschichte des Mistelzweig-Kusses weit in die Vergangenheit zurück. Seit jeher war die Menschheit vom Mistelzweig fasziniert. Die Pflanze symbolisiert Glück, Mut, Fruchtbarkeit und Gesundheit. Wer sich darunter küsst, sichert sich diese Werte für die eigene Partnerschaft.

Fazit

Das liebevolle Zusammensein mit den Liebsten ist für die meisten Menschen das Wichtigste am Weihnachtsfest. Aber erst die vielen Weihnachtsbräuche sorgen für die besinnliche Stimmung, die wir so an Weihnachten lieben. Beim Schmücken des Weihnachtsbaumes lassen sich unnötige Streitereien vergessen. Die Weihnachtsbräuche machen es uns leicht, uns wieder auf die einzig wichtigen Dinge des Lebens zu konzentrieren: unsere Liebsten. Dabei ist es gar nicht so wichtig, ob die Weihnachtsbräuche tatsächlich alt hergebracht sind oder doch nur von der Werbeindustrie erfunden wurden. Was zählt, ist, dass wir Freude an den Weihnachtsbräuchen haben und sie uns Jahr für Jahr ein Lächeln ins Gesicht zaubern.

Der 1. Dezember:

Schrott-Julklapp von Kerstin Schreiber

Weihnachten mit der Familie heißt – wie jedes Jahr – natürlich ein schönes Familienfest, eigentlich das schönste Familienfest, aber diese Zeit beinhaltet auch eine ganze Menge Vorbereitungsstress. Aber ich freute mich alljährlich aufs Neue darauf.

Es war Montag und mein Sohn kam ganz aufgeregt von der Schule nach Hause. „Mama, Mama, in diesem Jahr machen wir eine ganz lustige Weihnachtsfeier in der Schule." Das hörte sich doch spannend an, ich forderte meinen Sohn auf zu erzählen. Sogleich erzählte mein kleiner Sascha mir mit roten Wangen vor Aufregung, dass in diesem Jahr ein sogenannter Schrott-Julklapp in der Schule stattfinden sollte. Jeder brachte etwas mit, was er ganz grässlich fand und absolut nicht mehr benötigen würde. Diese Idee gefiel mir hervorragend. Endlich hatte sich die sonst doch eher einfallslose Lehrerin von Saschas Klasse etwas Gutes einfallen lassen. Und gerade in der Weihnachtszeit, wenn man bereits genügend Kosten für den Erwerb der Weihnachtsgeschenke aufbringen musste, war diese Idee doch wunderbar, um keine weiteren Löcher in den Geldbeutel zu reißen.

Gleich nach dem Mittagessen ging mein Sohn zum Spielen zu seinem Freund Tobias, dieser wohnte gleich gegenüber. Ich fand also genügend Ruhe und Zeit um im Keller zu verschwinden. Hier stand ein alter Schrank, in welchem ich ungeliebte Geschenke aufbewahrte, in der Hoffnung, sie doch noch einmal verwenden zu können. Und nun freute ich mich, dass endlich ein entsprechender Anlass eingetreten war. Ich öffnete den Schrank und wusste sofort, warum ich diese Dinge hier auf Nimmerwiedersehen verstaut hatte. Alles war eigentlich neu und ich hatte es wohl irgendwann einmal von irgendwem geschenkt bekommen. „Manche Leute denken echt nicht nach, bevor sie etwas verschenken.", sprach ich laut aus, was ich dachte. „Hmmm – was sollte ich nehmen…" Zum einem gab es eine schreckliche Teekanne, bei welcher einem schon beim Anblick die Augen wehtaten. Dann gab es verschiedene Tischdecken, gähnend langweilige Bücher mit unmöglichen Titeln, verschiedene Wandaufhänger und und und…. „Schrott-Julklapp", dachte ich. „O.k.", die Teekanne erschien mir doch am grässlichsten. Ich verpackte sie in einem Karton und danach diesen wiederum in Zeitungspapier, so wie es die Lehrerin von den Schülern verlangt hatte. Am Morgen des letzten Schultages vor Weihnachten schickte ich meinen Sohn mit selbstgebackenen Keksen und dem verpackten Geschenk zur Schule. Sascha freute sich unheimlich auf diese ungewöhnliche Weihnachtsfeier. „Vielleicht bringe ich dir ja

was Schönes mit, Mama!", freute er sich. Ich dachte
nur, „Tja eine Sache mehr für meinen Kellerschrank."
Als Sascha mittags aus der Schule kam, erwartete ich
ihn bereits. „Mama, Mama das war eine tolle Weihnachtsfeier. Nun habe ich Ferien. Und ich glaube, ich
habe Glück gehabt und habe dir etwas Schönes vom
Schrott-Julklapp mitgebracht." Die Spannung wuchs,
als mein Sohn ein Paket vor mich hinlegte. Als ich es
auspackte, erschrak ich. Es beinhaltete einen Serviettenständer. Dieser kam mir durchaus bekannt vor. Genauso einen Serviettenständer hatte ich meiner Nachbarin
zu ihrem letzten Geburtstag geschenkt. Als ich den Karton umdrehte, konnte ich auch noch den kleinen Auf-
kleber des Geschäftes sehen, in welchem ich diesen sei-
nerzeit erworben hatte. „Das ist ja ein starkes Stück",
dachte ich erbost. Und schon klingelte es Sturm an der
Haustüre. Ich lief mit dem Geschenk in der Hand dorthin. Hier stand meine Nachbarin mit der besagten Teekanne in der Hand. Sie hatte rote Flecken im Gesicht
und polterte umgehend los: „Diese Kanne habe ich extra
in der Töpferei anfertigen lassen und euch zum Einzug
vor drei Jahren geschenkt. Und nun? Nun bringt sie
Tobias vom Schrott-Julklapp mit!" Ich konnte mir ein
Grinsen nicht verkneifen und schwenkte die Hand mit
dem Serviettenständer. Da fiel es auch meiner Nachbarin wie Schuppen von den Augen und wir lachten beide
wie von Sinnen los. Tobias und Sascha stießen sich an

und meinten erfreut: „Siehst du, unseren Müttern haben wir mit den Geschenken eine große Freude bereitet."

So ist das Leben – das was dem einem gefällt, dass muss noch lange nicht den Geschmack des anderen treffen.

Der 2. Dezember:

Zeit füreinander von Kerstin Schreiber

Cynthia hatte schon viele Weihnachten erlebt. Früher hatte sie zur Weihnachtszeit die Menschen in ihrem kleinen Dörfchen häufig mit schönen Geschenken überrascht. Oftmals waren sie selbstgebastelt. Sie war nun lange nicht mehr in dem Dorf gewesen, in welchem sie einst aufgewachsen war. Jedoch in diesem Jahr wollte Cynthia wieder einmal die Menschen beschenken. So machte sie sich schließlich auf den Weg in die Innenstadt. Sie betrat das große Kaufhaus der nahegelegenen Stadt und beobachtete still und leise das rege Treiben der vorbeieilenden Menschen. Die Menschen suchten Geschenke für ihre Familien und Freunde. Die meisten Menschen kamen gerade von der Arbeit und hetzten eilig durch das Geschäft.

Cynthias Gedanken wanderten zurück zu jener Zeit, wo es noch keine elektrischen Weihnachtsbeleuchtungen gab und sie überlegte, ob die Menschen damals auch schon mit vollen Tüten durch die Straßen geeilt sind?

Nun, die Zeiten ändern sich, dachte sie so bei sich und schlich unbemerkt aus der überfüllten Stadt hinaus, fuhr mit dem Bus bis hin zu dem kleinen, alten Dorf, wo sie früher gelebt hatte. Sie hatte genug von hetzenden Menschen, die scheinbar keine Zeit hatten. „Soll die Adventszeit nicht eine ruhige und besinnliche Zeit sein?"

So kam Cynthia an das alte Haus in dem schon viele Menschen gewohnt hatten. Früher war dieses Haus ihre Heimat gewesen. Früher, als es noch kein elektrisches Licht gab und die Menschen ihr Haus mit Kerzen erleuchteten Sie erinnerte sich, dass sie auch keine Heizung hatten und die Menschen Holz ins Haus schafften, um es warmzuhalten. Jedes Jahr zur Adventszeit verlief alles gleich. An manchen Abenden half sie der Mutter und Großmutter Plätzchen backen. Der Duft strömte durch das ganze Haus und sorgte für eine vorweihnachtliche Stimmung.

Der Vater und der Großvater machten sich zusammen mit ihrem Bruder Georg auf, um im Wald einen Weihnachtsbaum zu schlagen und ihn mühevoll nach Hause zu bringen. Es war kalt und sie freuten sich beim Heimkommen auf den warmen Tee, den die Mutter gekocht hatte. Oftmals saßen sie alle zusammen, um gemeinsam zu singen und der Großvater erzählte den Kindern spannende Geschichten. Wir konnten es damals kaum erwarten, bis die Großmutter auf den Dachboden stieg, um die Weihnachtskiste zu holen, denn das tat sie immer erst kurz vor Weihnachten. In dieser Kiste gab es viel zu entdecken. Sterne aus Stroh, Kerzen, Engel mit goldenem Haar und viele andere kostbare Dinge.

Aber das war schon lange her und es war eine andere Zeit. Eine Zeit des gemeinsamen Tuns, eine Zeit miteinander, eine Zeit füreinander. Von ihren Gedanken noch ganz benebelt, sah sie heute durch das Fenster des alten Hauses und entdeckte eine Familie, wie sie gemeinsam um den Adventskranz saß und der Vater den Kindern eine Geschichte vorlas. „Nanu", dachte Cynthia, „eine Familie, die nicht durch die Straßen hetzt. Menschen die Zeit miteinander verbringen und die ihr Haus mit Kerzen erleuchten." Ja, heute ist eine andere Zeit, aber auch heute finden Menschen wieder füreinander Zeit. Man hatte sie bemerkt. Die Mutter holte sie ins Haus, in ihr ehemaliges Elternhaus. Man holte sie herein. Es duftete nach Plätzchen. Cynthia schloss für einen Moment die Augen, als sie die Tasse mit dem dampfenden Tee in den Händen hielt. Heute könnte sie die Großmutter sein. Eine wohlige innere Wärme durchströmte sie, als sie mit der fremden Familie um den Tisch saß. Nun konnte Weihnachten kommen, das richtige Gefühl war da.

Rezept:

Weihnachts-Bratäpfel mit Haube

Zutaten:

4 Äpfel (Elster, Coxorange oder Boskop)

Für die Füllung:

125 g Marzipanrohmasse, 1- 2 El. Zitronensaft, 100 g Puderzucker, 20 g gehackte Mandeln, Mark von 1 Vanilleschote, 2 Eiweiß

Zum Bestreuen 2 Essl. Mandelblätter

Zubereitung:

Äpfel waschen, abtrocknen und das Kerngehäuse mit einem Apfelstecher entfernen. Für die Füllung die Marzipanrohmasse, Zitronensaft, Puderzucker, gehackte Mandeln und das Vanillemark verrühren. Eiweiß sehr steif schlagen und unter die Marzipanmasse ziehen. Diese mit Hilfe von zwei Teelöffeln in die Äpfel füllen und mit Mandelblättern bestreuen.

Die Äpfel in eine Auflaufform setzen. Im vorgeheizten Ofen bei 225 Grad für 25 Minuten backen. (Ober- und Unterhitze).

Der 3. Dezember:

Sehnsüchtige Erwartungen von Frank Volkelt

Felix ging wie jeden Tag, am Nachmittag, zum Bahndamm in der Nähe seines Elternhauses und schaute sich die vorbeifahrenden Züge an. Das Schnaufen und Qualmen der Dampfloks, wenn sie mit ihren langen oder kurzen Zügen an ihm vorüber fuhren, faszinierten ihn schon seitdem er laufen konnte. Früher musste sein Vater oft mit ihm zum nahegelegenen Bahnhof seines Dorfes fahren, wo er dann stundenlang das Ankommen und Abfahren der Züge bestaunte. Er konnte gar nicht genug davon bekommen und es war jedes Mal ein Drama, wenn der Vater nach einiger Zeit zum Heimgehen drängte. Doch nun war er bereits sechs Jahre alt und konnte auch schon alleine zum Bahndamm in der Nähe gehen. Er sah den Zügen hinterher und winkte den Reisenden jedes Mal zu und hoffte so sehr, dass wenigstens einer der Fahrgäste zurückwinken würde. Doch auch heute war wieder niemand dabei, der das Winken von Felix erwiderte. Sehr selten gab ein Lokführer einen Achtungspfiff mit der Lok ab, was für Felix die schönste Musik in seinen Ohren war.

Ein leichter Schneefall begann und tauchte die Umgebung in eine puderzuckerüberzogene Landschaft.

Als Felix heimkam, blickten die Eltern wieder in sein trauriges Gesicht. Auf die Frage wie es war, sagte er nur leise: „Wieder hat niemand zurückgewunken."

Nun war es bereits Anfang Dezember und eine herrliche Schneelandschaft hatte Einzug gehalten. Wieder war Felix am Nachmittag zum Bahndamm gegangen und hatte den Zügen hinterhergewunken und nachgeschaut. Jedoch auch dieses Mal hatte keiner der Reisenden zurückgewunken. Enttäuscht berichtete Felix am Abend daheim von seinem kleinen Ausflug.

Es kam der fünfte Dezember und Felix hängte seinen Stiefel für den Nikolaus an die Fensterbank und drückte seine Stirn ans Fenster und schaute in die dunkle Nacht hinaus. Er hatte einen kleinen Wunschzettel in den Stiefel gesteckt, auf dem stand ein einziger Wunsch: „Einmal möge jemand aus einem der Züge zurückwinken." „Kannst du das bitte hinkriegen, lieber Nikolaus?"

Mit großer Erwartung ging Felix ganz aufgeregt ins Bett und konnte kaum einschlafen. Mit vielen im Kopf kreisenden Gedanken übermannte ihn dann doch die Müdigkeit.

Am nächsten Tag rannte er als Erstes zum Stiefel an der Fensterbank. Er schaute hinein und entdeckte ein paar Naschereien darin. Jedoch sein Zettel war weg. „Nanu, keine Antwort vom Nikolaus?", dachte er so bei sich. Am Nachmittag ging er wieder zum Bahndamm und schaute den Zügen hinterher. Doch heute, als der

16.08 Uhr Zug den Bahnhof seines Dorfes gerade verlassen hatte und auf seiner Höhe vorbeifuhr, sah er einen Mann an einem offenen Fenster stehen. Und nein, er konnte es kaum glauben, dieser Mann winkte ihm zu und das, so lange bis er ihn in der Ferne nicht mehr erkennen konnte. Völlig außer sich vor Freude rannte er nach Hause und musste es seinen Eltern umgehend berichten. „Mama, Mama ich muss euch was erzählen." Sein Gesicht strahlte nur so vor Freude. „Wo ist Papa?", fragte er seine Mutter. „Der musste noch mal kurz weg und etwas erledigen.", erwiderte sie. „Ich denke er wird wohl bald zurückkommen." Nachdem Felix seine Geschichte überschwänglich vor Freude erzählt hatte, schickte sie ihn bald darauf nach dem Abendessen zu Bett. An diesem Abend schlief Felix völlig glücklich in sein Bett gekuschelt ein.

Sein Vater kam erst sehr spät am Abend mit dem 20.35 Uhr Zug wieder in ihrem Dorf an. Daheim angekommen fragte er seine Frau: „Und?" „Ja", sagte sie, „Felix ist glücklich, das hast du gut gemacht.", und gab ihm einen langen Kuss.

Der 4. Dezember:

Jakob von Frauke Sattler

Anna lief durch die kleine Gasse, die zum Markt
führte. Vom Himmel fielen tanzend große glitzernde
Schneeflocken. Sie hatte wieder einmal als letzte das
Büro verlassen. Es war der 24. Dezember und niemand
wartete auf sie. Ihre Eltern lebten schon lange nicht
mehr und ihre Schwester war frisch verliebt mit ihrem
Freund in die Weihnachtsferien geflogen. Anna überlegte, ob sie sich noch einen kleinen Tannenbaum kaufen sollte. Es war schon nach 12 Uhr. Wenn sie den
Baum schmückte, würde der Nachmitttag schnell ver-
gehen, so überlegte sie. Ja und etwas zu Essen musste
sie auch noch einkaufen. Sie hatte Appetit auf einen
Gänsebraten.

Plötzlich fiel ihr ein kleiner Junge vor die Füße. „Hallo junger Mann, so stürmisch?" Sie kniete sich zu ihm
herunter. Er rieb sich mit seinen kleinen Fäusten die
Augen. „Hast du dich so doll gestoßen?", fragte Anna
erschrocken. „Nein, das ist es nicht", schluchzte der
Kleine. „Aber warum weinst du dann?", fragte Anna
besorgt. „Es ist das erste Mal Weihnachten ohne meine
Mami. Ich bin so traurig und ich will es meinem Papi
nicht zeigen, seit langer Zeit ist er das erste Mal gut ge-
launt." „Jakob… wo bist du?", hörten die Beiden eine
Stimme rufen. Jakob sprang hoch. „ Bitte halte meinen

Papi auf, ich weine auch gleich nicht mehr! Er soll mich nicht so sehen." Schon war Jakob hinter einem Holzhäuschen verschwunden. Anna erhob sich und sah einen großen dunkelhaarigen Mann hinter einer Tanne hervorkommen. Suchend blickte er um sich. „Haben sie einen kleinen Jungen gesehen?" Die tiefe Stimme war sympathisch. Anna war leicht überfordert. „Einen Jungen?…Nein!", stotterte sie. „Wo ist er nur hingerannt?" Der Mann ließ die Schultern hängen und seine Augen wurden traurig. „Meine Frau ist letztes Jahr im Januar bei einem Autounfall gestorben. Es ist das erste Weihnachtsfest für die Kinder ohne Mutter. Es ist schwer für mich das Fest ohne sie zu gestalten. Meine Tochter Meike liegt zu Hause mit Fieber im Bett. Hier in der Tasche habe ich eine Gans, es hat immer Gänsebraten an Heiligabend gegeben, aber ich habe keine Ahnung wie er zubereitet wird. Ich habe immer mit den Kindern den Baum geschmückt und meine Frau hat in der Zeit den Gänsebraten zubereitet. Entschuldigen Sie, ich weiß gar nicht, warum ich Ihnen das alles erzähle, mein Name ist Max von Berlau." Anna überlegte einen Augenblick, dann hörte sie sich sagen: „Anna Klinger, ich mache den weltbesten Gänsebraten. Was halten sie davon, wenn ich mit zu ihnen fahre, sie schmücken mit den Kindern den Tannenbaum und ich kümmere mich um das Festessen." „Anna, das würdest du für uns tun?" Der kleine Junge, der hinter dem kleinen Holzhäuschen alles mit angehört hatte kam um die Ecke gerannt. „Ja, ich habe noch nichts zum Essen eingekauft und einen Tannenbaum habe ich auch noch nicht.", erwiderte Anna. Max strahlte und zog einen Tannenbaum hervor. „Oh, Papi der Tannenbaum sieht wunderschön aus!", jubelte Jakob. Max und Anna sahen sich lachend an und gemeinsam stiegen sie mit Jakob in das Auto und fuhren davon.

Ja… so kann das Leben spielen, mitunter muss man ungewöhnliche Dinge tun, um glücklich zu sein.

Der 5. Dezember

Der wackere Friedhelm von Kerstin Schreiber

„Friedhelm, los nun komm schon, ich habe dir Badewasser eingelassen.", so rief Trude ihren Mann. Doch dieser saß im Büro vor dem Computer und stellte seine Ohren auf Durchzug. „Friedhelm, jetzt reicht es, dein letztes Bad ist bereits schon wieder drei Tage her. Hier, ich hatte extra ein rotes Kreuz im Kalender gemacht. Los jetzt, sonst brauchen deine Haare bald einen Ölwechsel.", wetterte Trude nun schon sichtlich erbost. Friedhelm trabte wiederwillig an. Wenn es nach ihm gegangen wäre, dann bräuchte er nur einmal in der Woche ein Bad nehmen und dieses tägliche Wechseln der Wäsche, das nervte ihn auch sichtlich. Früher zu Kriegszeiten hatte das auch immer einmal in der Woche gereicht. So hatte man einen nicht so hohen Wasserverbrauch und schließlich gab es doch auch Deo, das nutzte er sowieso schon. Er badete also, aber nur schlichtweg fünf Minuten, das reichte an Körperhygiene. Wurde eh alles überbewertet, seiner Meinung nach. Er rasierte sich sogar noch vor dem Spiegel, damit er nicht weiteren Unmut seines Eheweibs heraufbeschwor. Mit gekämmten Haar und frischer Kleidung schlurfte er in die Küche. „Siehst du Friedhelm, heute mache ich wieder ein rotes Kreuz im Kalender, damit du wenigstens den Dreitagesrhythmus beibehältst.", meinte seine Holde.

Ach, wie ihn das alles nervte. Er wusste auch, was nun folgte. „So Friedhelm, nun machen wir einen schönen Ausflug. Heute fahren wir in den Nachbarort zum Adventskaffee. Dort trinken wir einen Kaffee und später bestellen wir noch bei Bauer Randers die diesjährige Weihnachtsgans. Schließlich herrscht überall schon so schöne Weihnachtsstimmung, da brauchst du dich nicht immer im Haus zu verkriechen. Du siehst schon ganz grau aus.", so kam es von ihr, wie er es bereits vorausgesagt hatte. „Lieschen und die Traudel werden auch dort sein." Friedhelm holte den Wagen aus der Garage und sie fuhren los. Friedhelm wollte so gerne wiederum auf Durchzug schalten, doch das ständige Gezeter vom Beifahrersitz traf doch seinen Nerv. „Fahr nicht so schnell….fahr nicht immer wie Caracciola….und und und…" Letzterer war von 1922 bis 1953 Rennfahrer. Damit hatte er nun wirklich nichts gemeinsam. „Heizung an … es ist zu kalt: nun ist es zu stickig hier drinnen und und und…." Endlich waren sie am Ziel angekommen. Lieschen und Traudel waren bereits dort. Man setzte sich gemeinsam an einen Tisch und bestellte Kuchen. Die Torten hier im Café waren eine pure Geschmacksexplosion. Sie erschienen Friedhelm bis jetzt als das Süßeste an diesem Tag. Lieschen und Traudel umgarnten ihn richtig. Sie schenkten ihm Kaffee nach und unterhielten sich angeregt mit ihm. Würde er es nicht besser wissen, würde er denken, dass sie regelrecht mit ihm flirteten. Sie wollten sich noch gerne im

nahegelegenen Park die Beine vertreten, bevor es wei-
terging zum Bauernhof. Trude blieb im Café sitzen,
denn ihr Rücken plagte sie in letzter Zeit zu sehr. Das
Dreiergespann blieb eine gute Stunde weg, sehr zum
Missmut von Trude. Lachend bogen sie um die Ecke.
Zu Trude gewandt meinte eine der Damen: „Du hast
vielleicht ein Glück mit deinem Friedhelm. Mein Gün-
ter ist doch nur noch ein alter Griesgram." Lieschen
setzte hinterher: „ Mein Kurt ist ja bereits tot, aber so
einen Mann wie deinen Friedhelm, das wäre schön, das
wäre wie im Märchen. Du hast wirklich ein Glück"
Friedhelm sonnte sich in diesen Komplimenten. So
wusste er doch, dass es auf der Rückfahrt bereits schon
wieder ganz anders aussehen würde.

Der 6. Dezember:

Der kleine Engel Schabernack von Kerstin Schreiber

Jedes Jahr zur Weihnachtszeit herrschte jede Menge Trubel beim Weihnachtsmann. Er und seine Helfer hatten vor den Festtagen immer jede Menge Vorbereitungen zu treffen. Die fleißigen Wichtel und Engel unterstützten den Weihnachtsmann tatkräftig. Hier wurde gebastelt und gewerkelt. Nur ein kleiner Engel, der lag schlafend auf seiner Wolke. Er hatte ein schelmisches Grinsen im Gesicht und träumte wahrscheinlich von seinem nächsten Schabernack. Deshalb hieß der kleine Engel auch nicht Goldlöckchen oder Weißröckchen, wie die kleinen Kollegen, sondern ganz einfach Engel Schabernack. Und genau diesen kleinen Engel zitierte der Weihnachtsmann zu sich. „Schabernack, es reicht jetzt!", wütete der Weihnachtsmann, „Immer zur Weihnachtszeit boykottierst du sämtliches Weihnachtsaufkommen. Anstatt uns behilflich zu sein, hast du nur Unsinn im Kopf." Schabernack hörte jedoch schon gar nicht mehr richtig zu. „Das hat nun Konsequenzen für dich!", teilte der Weihnachtsmann dem kleinen Engel mit. Sollte der Engel Schabernack in diesem Jahr wieder seinem Namen alle Ehre machen, dann würde ihn der Weihnachtsmann von der rosa Wolke auf die dunkelste Regenwolke verbannen. In diesem Jahr sollte der Engel dafür sorgen, dass die Menschen auf Erden eine schöne Weihnacht verbringen können. Streiche waren in diesem Jahr tabu, denn diese gehörten nicht zu Weihnachten. Puh, das war eine Aufgabe für den kleinen Engel. Und schon fand er sich in einer gemütlichen Küche wieder. Eine Mutter und zwei kleine Jungen wollten Plätzchen backen. Die beiden Kinder hatten rote Wangen vor Aufregung und Freude. Alles war bereits wunderschön weihnachtlich geschmückt. Der kleine Engel Schabernack saß auf dem Schrank und baumelte gelangweilt mit den Beinen. Was sollte er hier, wo doch alles bereits so harmonisch war. Dann sah er die Backzutaten auf dem Tisch stehen. Unter anderem auch den Zuckertopf. Er stand direkt neben der Butter. Am anderen Ende des Tisches stand der Salztopf, dieser sah genauso aus wie der Topf mit dem Zucker. Schabernack fackelte nicht lange und schwupps waren die beiden Töpfe vertauscht. Er dachte schelmisch: „Mit den guten Taten kann ich auch noch morgen beginnen." Die Kinder und die Mutter waren natürlich traurig, als sie die Plätzchen gemeinsam mit dem Vater probieren wollten. Die Eltern stritten nun und die Kinder weinten. Schabernack bekam von alledem nichts mehr mit. Der kleine Engel war vollkommen in seinem Element und bereits unterwegs zur nächsten Familie. Hier saßen die Eltern, Großeltern und die drei Kinder am Tisch und bastelten Weihnachtsschmuck für den Baum. Der kleine Matthies hatte jedoch keine rechte Lust dazu. Er ließ immer mal wieder etwas fallen, damit er unter dem Tisch die kleine Katze streicheln konnte. In einem unbeobachteten Moment verknotete der kleine Engel Schabernack die Schnürsenkel vom jeweils rechten und linken Schuh der Eltern und Großeltern. Ach, was war das für ein Geschrei, als diese aufstehen wollten. Der Vater schickte Matthies gleich zur Strafe auf sein Zimmer, da er ihn verdächtigte. Schabernack rieb sich die kleinen Hände und freute sich diebisch. „So macht Weihnachten doch Spaß", frohlockte er. Der Weihnachtsmann war zum Glück durch die Vorbereitungen abgelenkt, er würde sich erst abends das Tagwerk des kleinen Engels anschauen. So raste Schabernack ungebremst in sein nächstes Abenteuer. Familie Korbinski suchte derweil nach der Geräuschquelle im Wohnzimmer. Es war richtig unheimlich in der vorweihnachtlichen Stille. Immer klackte es irgendwo. Den Kindern, die vorab alleine gewesen waren, war richtig bange zumute gewesen. Der kleine Engel schaute durchs Fenster hinein und lachte lauthals in die winterliche Stille. Endlich wurde die Ursache gefunden. Der kleine Engel hatte bereits am Vortag ein Glas halb gefüllt mit Wasser unter den Heizkörper gestellt. Danach hatte er Erbsen mit hineingefüllt. Durch die Feuchtigkeit und Wärme begannen die Erbsen zu quellen und fielen über den Rand und klackten auf den Fliesenboden. Und wieder wurde ein Schuldiger gesucht. Auch in dieser Familie herrschte nun Unfrieden. Und so ging es den ganzen Tag, bis der kleine Engel sich müde und zufrieden auf seiner rosa Wolke befand. Als er erwachte, war ihm kalt. Alles war dunkel und grau, denn während er schlief, hatte der Weihnachtsmann ihn auf die Regenwolke verfrachtet. Und schon donnerte die Stimme des Weihnachtsmanns über ihm: „Du hast es nicht anders gewollt, du kleiner Nichtsnutz! Nur Unfrieden stiftest du unter den Menschen." Der kleine Engel jammerte und weinte. „Du füllst Ketchup in Shampoo Flaschen, du vertauscht Lakritzschnüre mit Schuhriemen und und und, ich will da gar nicht weiter drüber nachdenken und mich ärgern. In den frühen Morgenstunden machte sich Schabernack auf zu den Menschen, denen er Schaden zugefügt hatte. Er baute für den kleinen Matthies einen Schneemann. Dessen Augen leuchteten vor Freude. Für die erste Familie hatte er die ganze Nacht leckere Kekse gebacken. Es duftete herrlich im ganzen Haus. Jetzt konnte Weihnachten kommen. Bei der Familie Korbinski bastelte der kleine Engel eine wunderschöne Christbaumspitze. Jeder Besucher bestaunte diese und die Kinder begannen wieder an den Weihnachtsmann zu glauben. Als der kleine Engel Schabernack im Himmel ankam, leuchteten die Sterne in festlichen Glanz und alle Engel sangen mit glockenhellen Stimmen. Der Weihnachtsmann legte wohlwollend seine Hand auf Schabernacks Schulter und flüsterte ihm ins Ohr: „Nun bist du endlich bei uns angekommen und du darfst nun deinen wirklichen Namen tragen. Du heißt nun Silberlöckchen und darfst nun auf die Menschen zu Weihnachten von deiner rosa Wolke herunterblicken."

Rezept:

Schabernacks Karamellbonbons

Zutaten:

250 ml Schlagsahne, 200 g Zucker, 2 EL heller Honig, 1 Pck. Vanillezucker, 2 EL Butter

Zubereitung:

Eine Auflaufform mit Backpapier auslegen. Alle Zutaten in eine beschichtete Pfanne geben. Schmelzen und aufkochen lassen. Ca. 15 – 20 Minuten kochen, bis die Masse goldbraun ist und währenddessen immer umrühren. Die Masse in der Auflaufform verteilen. Abkühlen lassen und in mundgerechte Stücke schneiden.

Der 7. Dezember:

In der Nähstube von Frauke Sattler

In der Nähstube ratterten die Nähmaschinen, die letzten Weihnachtsgeschenke wurden genäht. Aus der Wohnküche nebenan duftete es nach Zimt, Nelken und Vanille. Ein leichter Kaffeeduft war auch dabei. Christa hatte aus einem Teig leckere Weihnachtswaffeln gebacken.

In der Kinderecke spielten Alicia und Amira, dies waren zwei kleine Mädchen aus Syrien. Sie waren erst seit sehr kurzer Zeit in Deutschland. Sie schauten mit sehr großen, traurigen Augen in die Welt. Alicia war vier Jahre alt und ihre kleine Schwester knappe zwei Jahre. Plötzlich stand Alicia auf und stellte sich vor ein Regal und sah hoch. Sie stand ganz still und sagte nichts. Nach einer Weile streckte sie die Arme nach oben, sagte aber immer noch nichts. Zu ihren traurig wirkenden Augen war nun noch ein fragender, bittender Blick gekommen. Meike folgte ihrem Blick und sah oben auf dem Regal eine Porzellanpuppe sitzen. Meike überlegte einen kleinen Augenblick, eine Puppe aus Porzellan war kein Kinderspielzeug. Alicia streckte immer noch die Arme zur Puppe ... diese Augen hatten Meikes Herz berührt. Sie nahm die Puppe aus dem Regal setzte sich zu Alicia und sagte: „Fühle mal, die Puppe ist aus Porzellan. Sie geht ganz leicht kaputt."

Mit ihren kleinen Fingern tastete Alicia vorsichtig über das Gesicht der Puppe. Alicia nickte mit dem Kopf. Sie hatte es bestimmt nicht verstanden, was Meike gesagt hatte. Aber sie nickte weiterhin mit dem Kopf.
Behutsam nahm sie die Puppe in den Arm und trug sie durch die Nähstube und durch die Küche. Sie drehte eine Runde nach der Anderen. Dann legte sie die Puppe in einen viel zu kleinen Puppenwagen. Ihre kleine Schwester hatte einen Teddy zum Spielen gewählt.
Am Abend erzählte Meike ihrer Enkeln die Geschichte von den beiden Mädchen aus Syrien, die fliehen mussten. Wie gerne sie eine Puppe hätten, aber ihre Eltern konnten den Wunsch nicht erfüllen, sie besaßen zu wenig Geld.
"Omi, schau mal, wir haben so viele Puppen, wir können doch den beiden Mädchen welche schenken." Meike sammelte seit vielen Jahren nicht geliebte, weggeworfene Puppen vom Sperrmüll. Sie wurden gebadet, repariert und dann wurden sie benäht und bestrickt. Jede Puppe bekam zum Schluss einen Namen. Geplant war, die Puppen armen Kindern im Ausland zu schenken, aber es sollte nicht sein und so wurde die Puppenschar bei Meike immer größer, sehr zur Freude ihrer Enkelkinder. „Sina, kannst du dich wirklich von zwei Puppen trennen?" „Na, klar. Wir haben genug, auch wenn ich alle mag." Meike nahm Sina in den Arm und drückte sie fest an sich. Die Wahl fiel auf Luisa und Kim.

„Die Puppen sind sich sehr ähnlich, so gibt es keinen Streit um die schönste Puppe. Ich weiß ja wie es mit einer Schwester ist.", meinte Sina. Meike musste lachen. An den nächsten beiden Abenden nähte Meike noch Jacken und Schuhe für die Puppen.

Zwei Tage vor Weihnachten war das nächste Treffen in der Nähstube. Sina war dieses Mal mitgegangen. Es gab eine kleine Weihnachtsfeier bei Kerzenschein und mit Weihnachtsgebäck. Alicia hielt die Porzellanpuppe wieder vorsichtig im Arm. Die Augen der Mädchen wirkten wieder unglaublich traurig. Als es Zeit zum Gehen wurde, holte Sina zwei Geschenke aus einer großen Tasche und gab eines Alicia und eines Amira. Die Mädchen staunten und öffneten die Geschenke. Als sie die Puppen sahen, leuchteten ihre traurigen Augen zum ersten Mal. Sie leuchteten und funkelten, wie kleine glitzernde Sterne. Sie drückten die Puppen ganz fest an sich.

Sina sah zu ihrer Omi und lächelte. Ja, so fühlt sich Weihnachten richtig an...Freude schenken und damit Freude erhalten.

Der 8. Dezember:
Ist das noch Weihnachten? von Frank Volkelt

Früher in meiner Kindheit war Weihnachten noch ein richtiges Familienfest. Es wurde der Baum gemeinschaftlich aufgestellt und geschmückt. Schon Tage vorher habe ich mit Mama in der wohlig warmen Küche Plätzchen gebacken. Der leckere, typische Weihnachtsduft zog durch das ganze Haus und so manches Plätzchen verschwand auf unerklärliche Weise schon im Vorwege.

Der Heiligabend wurde sehnlichst erwartet und jeder freute sich auf seine Weise darauf. Endlich kam die ganze Familie wieder einmal zusammen. Urgroßeltern, Großeltern, Eltern und manchmal waren auch der Onkel und die Tante mit dabei.

Erst gab es ein schönes Essen mit Braten, Soße und Gemüse. Immer wieder einfach lecker! Auch wurde sich nett angezogen zu diesem Anlass.

Danach begab sich die ganze Familie in die Stube, wo die Kerzen am Weihnachtsbaum entzündet wurden. Nun ließ jeder die

Weihnachtsatmosphäre erst einmal auf sich wirken und man sang zusammen auch Weihnachtslieder oder hörte diesen zumindest andächtig zu.

Zu etwas späterer Stunde begann der für die Kinder wohl spannendste Teil des Abends, die Bescherung. Große erwartungsvolle Augen hatten die ganzen Geschenke unter dem Tannenbaum schon lange erspäht.

Und so gab es einen, bei unserer Familie irgendwann mal eingeführten Brauch, bei der Verteilung der Geschenke.

Es wurde immer nur jeweils ein Geschenk unter dem Baum hervorgeholt und dem Bedachten gegeben. Nun schaute die ganze Familie dem Beschenkten beim Auspacken zu und konnte somit die Freude oder auch Nachdenklichkeit des Jeweiligen direkt miterleben, was ich immer als sehr spannend empfand.

Doch wie sieht es heute aus?

Bei den meisten Familien ist kaum die ganze Familie beisammen und an der Gemütlichkeit fehlt es auch oft.

Keine Zeit oder keine Lust etwas zu tun, wie die Wohnung schmücken und selber Plätzchen backen, sind allgegenwärtig. Oft fehlen aber auch die Kenntnisse dafür.

Die Hektik der neuen Zeit und der allgemeine Stress machen oft jeden Versuch der Besinnlichkeit zunichte. Aber auch die Einstellung der Menschen hat sich so zum Negativen, wie ich finde, verändert. Wie ich es schon selbst erlebt habe, reißen die Kinder die Geschenke gierig aus der Hand. Diese werden so schnell aus der Verpackung befreit, dass einem fast schwindelig wird. Hatte man sie doch mühsam mit viel Bedacht und Liebe verpackt. Auf ein Dankeschön wartet man oft vergebens. Auch ist der Wert der Geschenke heute ein Anderer. Freute man sich früher über noch so kleine Geschenke, so hat der Konsumzwang bald alles zerstört. Nur teuer und groß müssen Geschenke oft sein, sonst sind sie keinerlei Freude wert. Die Gesellschaft lässt sich leider immer mehr von dem Konsumterror beherrschen und das Eigentliche an Weihnachten geht mehr und mehr verloren.

Selbst das gemütliche Beisammensein der Familie scheint für Jugendliche der heutigen Zeit eher eine Strafe zu sein. Wie sonst kann man sich erklären, dass nach dem sogenannten Abgreifen der Geschenke die Familie verlassen und der Gang zu einer Diskothek angetreten wird. Für mich bis heute ein unerträglicher Gedanke. Ich selbst habe Urgroßeltern und Großeltern mittlerweile verloren, doch vermisse ich sie nach wie vor sehr. Zu Weihnachten beim Zusammensein mit der noch vorhandenen Familie denken wir oft an die fehlenden Familienmitglieder. Und erinnern uns gerne an die Feste mit all den Lieben zurück.

So hoffe ich nun, dass die Menschheit sich zurückbesinnt und die Weihnachtszeit dazu nutzt, wofür sie eigentlich steht:

Ein besinnliches, friedliches Zusammensein mit der Familie in Ruhe und Frieden. Die schönen Dinge wieder erkennen und genießen können. Auch selbst mal zur Ruhe kommen und dem Alltagsstress entfliehen, sich am Leben erfreuen.

Der 9. Dezember:

Sommer, Sonne……Weihnachtsmann

von Kerstin Schreiber

Familie Reuter verbrachte in diesem Jahr die Sommerferien am Strand. Die Eltern waren mit ihren beiden Sprösslingen, der vierjährigen Marie und dem sieben Jahre alten Leon, an die Nordsee gefahren. Mama und Papa genossen die Sonne und Leon baute mit seiner kleinen Schwester eine riesige Burg. Plötzlich sah Marie den Mann im Strandkorb sitzen. Vor Staunen blieb ihr Mund offen stehen. Marie schubste ganz aufgeregt Leon an: „Leon guck doch mal, da sitzt der Weihnachtsmann!" Leon ließ sich nicht beirren und tippte sich an die Stirn. „Marie du spinnst, der Weihnachtsmann wohnt doch am Nordpol. Das ist einfach nur ein Mann mit Bart." Doch der Mann hatte einen so langen weißen Bart, genau wie ihn der Weihnachtsmann trug. Nun holte der Mann auch noch ein großes Lesebuch raus. Auch das sah so aus, wie das Buch, was der Weihnachtsmann immer zu Weihnachten dabei hatte. Marie kannte dieses Buch sehr genau. Jetzt schrieb der Weihnachtsmann auch schon Notizen in das große Buch hinein. Ganz mutig lief Marie nun direkt zu ihm hin. Er schlürfte derweil genüsslich einen kühlen Drink mit vielen Eiswürfeln. „Du, Weihnachtsmann, mein Bruder glaubt mir nicht, dass du es wirklich bist!", Marie schaute ihn mit ihren großen Kulleraugen an. Schon stand Leon neben ihr. „Natürlich bin ich der Weihnachtsmann, was denkt ihr denn?" „Tja, und was machst du dann hier?", fragte Leon argwöhnisch, „Etwa Urlaub, wie wir? Ach ja, ich vergaß ja, du musst ja nur an einem Tag im Jahr arbeiten und ansonsten hast du immer Urlaub...", Leon hielt sich vor Lachen den Bauch fest. Der Mann wollte gerade antworten, als sein Handy klingelte. „Nein Rudolph, du brauchst mich nicht abholen, ist zu auffällig und völlig unpassend. Ich fahre lieber mit dem Motorrad." Leon lachte immer weiter: „Ich glaub schon lange nicht mehr an den Weihnachtsmann, den gibt es nämlich überhaupt nicht!" Marie begann zu weinen: „Das sagt mein Bruder immer. Bitte mach, dass er damit aufhört." Leon wurde jedoch immer mutiger: „Wieso bist du nicht am Nordpol in deinem Wichteldorf oder in der Weihnachtsbäckerei? Was willst du hier am Strand?" „Du hast recht", antwortete der Mann weise und ruhig, „Es gibt viel bis Weihnachten zu tun. Aber auch mir steht einmal eine Erholung zu. Ich habe fleißige Wichtel und Feen, die nun schon die ganze Zeit für das Weihnachtsfest Vorbereitungen treffen." Leon beschimpfte ihn nun wütend als Lügner. Da zückte der Mann sein Buch und fragte die Kinder, wenn sie sich etwas von Herzen wünschen würden, was es denn wäre. Marie antwortete mit großen Augen: „Ich wünsch mir ein großes Stofftier. Ein glitzerndes Einhorn soll es sein." Sie klatschte vor Freude in die kleinen Hände. Leon überlegte: „Ich würde mir eine Spielekonsole, wie sie der Julian hat, wünschen." „O.k., sagte der Mann, „ Tolle Wünsche! Wer an mich glaubt und lieb ist, der bekommt auch seine Wünsche erfüllt. Wer nicht, so wie bei dir Leon, den vermerke ich. Du wirst zu Weihnachten auch ein Stofftier bekommen. Nämlich einen grünen Frosch." Er zwinkerte Marie freundlich zu. Während Marie und Leon noch darüber stritten, ob es den Weihnachtsmann wirklich gab, brauste dieser auf seinem Motorrad davon. Am Jahresende zu Weihnachten lagen unter dem Weihnachtsbaum ein wunderschönes großes Einhorn und ein kleiner grüner Frosch. Leon bekam den Mund gar nicht mehr zu. Die Kinder liefen zum Fenster. Draußen stand ein Rentierschlitten und auf ihm saß der Mann vom Strand in roter Weihnachtsmannkluft. Er winkte den beiden zu.

Der 10. Dezember:

Ein besonderes Weihnachtsmärchen

von Kerstin Schreiber

Wir gehen weit in unserer Zeitrechnung zurück.

Die schöne Königstochter Isabella wurde entführt und verschleppt. Und das einen Tag, bevor sie den Königssohn eines benachbarten Königreiches heiraten sollte. Sie wurde von den Bediensteten einer sehr bösen Hexe verschleppt. Diese wollte sich jedoch nicht mit ihr belasten, sondern sie nur aus dem Weg räumen um selber nach einem betörenden Zauber den Königssohn zu ehelichen. Sie sperrte die junge Isabella in einen Turm ein, ganz wie es aus den Erzählungen des Rapunzel-Märchens bekannt ist.

Ihr Vater, der König schickte seine Soldaten aus, um seine Tochter aufzuspüren. Viele fanden die schöne Königstochter in ihrem Verlies, dem hohen Turm. Dieser war nicht zugänglich, lediglich ein Fenster hatte die Königstochter in ihrem schwindelerregend hohen Verlies. Die Jahre vergingen und viele Männer starben bei dem Versuch, den Turm zu erklimmen. Sie stürzten in die Tiefe. Jedoch wuchsen der Königstochter – wie schon bei Rapunzel –die Haare. Irgendwann könnte ein stolzer Ritter so den Turm erklimmen und sie retten. Solange begab sie sich in ihr Schicksal.

Jedes Jahr – und es waren viele Jahre – kam ein junger Mann zu der Weihnachtszeit zum Turm und spielte der jungen Frau wunderschöne Lieder auf seiner Panflöte vor. Sie konnte ihn nicht gut erkennen, denn der Turm war für ein deutliches Sichtfeld einfach zu hoch.

Jedoch begann sie sich trotzdem nach ihm zu sehnen und ihn zu lieben. Ihr war klar, das sollte der Mann sein, der an ihren Haaren den Turm erklimmen sollte und sie retten würde.

Kurz vor Weihnachten waren in diesem Jahr ihre Haare so lang, dass es klappen könnte. Jedoch, gerade als sie ihr Haar herunterlassen wollte, betrat die böse Hexe den Raum. Sie tobte vor Wut und schnitt Isabella kurzerhand das komplette Haar ab. Isabella weinte herzzerreißend, als der junge Mann vor den Turm trat. Es zerriss ihm fast das Herz und er sagte, dass er Isabella noch heute retten würde.

Er suchte in alten Baumstämmen nach Insekten. Diese hielten dort gut versteckt, bereits ihren Winterschlaf. Er fand einen kleinen Marienkäfer. Dieser war in seine Winterstarre verfallen. Er hielt ihn in der Hand und hauchte warme Luft in diese. Durch die Wärme wurde der kleine Käfer langsam erweckt. Er band diesem kleinen Käfer ein ganz dünnes Fädchen ans Bein, dünner als ein Haar, kaum erkennbar. Da der nun erweckte Käfer sich bewegen wollte, setzte er ihn an die Turmmauer. Der kleine Käfer kletterte so den Turm herauf.

Das klitzekleine Fädchen war keine Last für ihn, er merkte es kaum. Als er bei der Königstochter angekommen war, löste diese vorsichtig dieses Fädchen und zog mit noch größerer Vorsicht daran. Nun ging das kleine Fädchen in einen dünnen Faden über, danach in einen Zwirnsfaden, dann in ein dünnes Tau, ein dickeres Tau, bis hin zu einem starken und dicken Tampen. Der junge Mann hatte eins ans andere geknotet. Sie band den Tampen an ihrem Bett fest, der junge Mann erklomm den Turm und kletterte dann gemeinsam mit Isabella den Turm hinunter in die Freiheit. Die beiden sahen sich zum ersten Mal richtig und sie wussten, dass ihre Liebe für immer halten würde. Sie traten vor ihren Vater, welcher die Hexe verurteilen und inhaftieren ließ. Isabella und der junge Mann heirateten und als Ehering trugen beide ein vergoldetes Tau um den Ringfinger. Und wenn sie nicht gestorben sind….so leben sie noch heute.

Die Moral dieser Geschichte ist, und das jetzt gerade zur Weihnachtszeit,

„Mit Kleinigkeiten kann man Großes bewegen-und das ein jeder! Nicht wegschauen, sondern handeln!"

Rezept:

Märchenpfannkuchen

Zutaten:

3 Eier, 60 g Zucker, 100 g Marzipan-Rohmasse, 170 g Mehl, 100 ml Milch, 1 Prise Salz, 1 TL Zimt, 1 Prise Nelken gemahlen, etwas geriebene Zitronenschale, 100 g Schokolade und Fett für die Pfanne.

Zubereitung:

Damit überrascht man nicht nur Kinder! Diese winterliche Variation kann jeden Pfannkuchen Fan begeistern. Die Schokolade kann gehackt, in Raspeln oder Tropfen sein, und in jeder beliebigen Sorte. Dazu passt super Vanille-Soße! Und so wird´s gemacht: 1. Eier trennen und Eiklar mit Salz steif schlagen. 2. Eigelb mit Zucker, Gewürzen und Marzipan schaumig rühren. Mehl und Milch im Wechsel dazugeben, dann den Eischnee unterheben. 3. Die Pfanne erhitzen, etwas Fett schmelzen und dann eine Portion Teig darauf verteilen. Sofort einen Esslöffel voll Schokolade in den feuchten Teig streuen und eindrücken, damit die Schokolade bedeckt ist. Sonst verbrennt sie, wenn man die andere Seite bäckt. Natürlich wird der Pfannkuchen dann gewendet. Selbiges passiert mit dem Rest der Masse. Möglichst heiß servieren. Dazu dann Vanille-Soße servieren.

Tipp: Die Zutaten lassen sie nach Geschmack variieren. Zum Beispiel mit Lebkuchengewürz, Apfelstückchen, Nüssen, usw.. Übrig gebliebene Pfannkuchen kann man prima aufwärmen! Einfach bei mittlerer Hitze ohne Fett in die Pfanne legen und von beiden Seiten 2 Minuten erwärmen.

Der 11. Dezember:

Der 24. Dezember von Frauke Sattler

Micka saß auf der Fensterbank, es war sein Lieb-
lingsplatz. Von hier aus konnte der kleine Kater, in den
Garten und auf die belebte Straße sehen. Die kleine
Meike hatte zusammen mit ihrer Mutter eine kuschelige
Decke extra für ihn dort hingelegt. Die letzten Tage waren sehr merkwürdig. In den Gärten und an den Häusern
hatten die Menschen überall Lichter angebracht und am
Abend erleuchtete alles in einem hellen Lichterglanz.
Heute Morgen hatten sie auch noch eine große Tanne in
das Wohnzimmer gestellt. Micka überlegte gerade wie
weit er wohl hochklettern konnte, als Meike plötzlich
vor ihm stand. In der linken Hand hielt sie einen roten
glitzernden Ball und in der anderen einen goldenen. „
Also, kleiner Häuptling, ", so nannten die Menschen
den kleinen Kater hin und wieder, weil er der Größte
und Stärkste unter seinen Geschwistern war, als sie ihn
aussuchten und zu sich holten. „Dieses sind Weihnachtskugeln, sie sind aus Glas und gehen schnell kaputt. Es ist kein Spielzeug, damit wird nicht gespielt.
Nein, nein." Das Wort „Nein" kannte Micka ganz genau. Er schüttelte sich. Wurde das Wort ignoriert kam
sofort die Wasserpistole zum Einsatz. Igittigitt bloß das
nicht. „Sieh mal, ", rief Mutter, „hier sind die Wichtel,
die uns Tante Rauha letztes Jahr aus Finnland mitge-

bracht hat." „Und was ist in der kleinen Schachtel?", fragte Meike neugierig. Mutter öffnete sie und zum Vorschein kamen drei wunderschöne, handbemalte Engel aus Zinn. Meike wurde traurig. „In diesem Jahr hat Svenja kein Päckchen aus Amerika geschickt. Sie hat doch jedes Jahr einen Engel geschickt. Denkt sie nicht mehr an uns?" Die große Schwester fehlte Meike. Svenja lebte seit drei Jahren in Amerika. Plötzlich klingelte es an der Haustür. „Hoffentlich ist das noch nicht der Weihnachtsmann. Wir sind doch noch nicht fertig mit dem Schmücken. Wo ist Vati?" Meike blickte erschrocken zu ihrer Mutter. „ Da müssen wir nun durch.", erwiderte ihre Mutter lächelnd. Meike war von dem Lächeln irritiert, öffnete aber vorsichtig die Tür. Dann flog die Tür weit auf. „ Svenja, wie toll, du bist gekommen!" In der Tür standen die große, geliebte Schwester und ihr Vater. Meike fiel Svenja in die Arme und weinte vor Freude. Nun konnte das Weihnachtsfest beginnen und natürlich hatte Svenja einen wunderschönen Zinnengel mitgebracht.

Der 12. Dezember:

Der Engel der Armen von Kerstin Schreiber

Seufzend betrachtete Mila die ersten tanzenden Schneeflocken, die an ihr Fenster klopften. Der erste Advent war bereits vorübergezogen und das Weihnachtsfest nahte mit großen Schritten heran. Und Mila hatte bis dahin noch so viel zu tun. Schnell wischte sie die aufkommenden Tränen aus ihren rehbraunen Augen. Mila war Mitte zwanzig und ausgesprochen unansehlich, wie sie selber empfand und durchaus von anderen bestätigt bekam. Sie ging zur Arbeit und funktionierte einfach, doch innerlich fühlte sie sich bereits wie tot. In ihrem Alter hatte sie noch keine einzige Beziehung gehabt. Oftmals sagten die jungen Männer zu ihr, dass sie sie zwar vom Wesen her mochten, dass sie sich aber mit ihrem Aussehen rein gar nicht anfreunden konnten. Von der Schulzeit bis über die Pubertät und die Jugend musste sich Mila eine lange Reihe von Kommentaren anhören, wie seltsam, hässlich und gewöhnungsbedürftig sie aussehe. Zu beschreiben, warum man sie derart unansehlich fand, fiel den Menschen schwer. Es war schlichtweg die Kombination aller Gesichtszüge, die ihr Gesicht so abstoßend aussehen ließen. Zwar hieß es immer wieder, dass sie schöne Augen hätte. Jedoch wurde es mit einem: „Aber der Rest... einfach nur schlimm ", abgetan.

56

Wie gerne wäre Mila einfach nur unscheinbar gewesen. Doch von jeher drehte man sich nach ihr um oder sagte im Vorbeigehen Worte, wie Missgeburt, widerlich und hässlich. Bei ihren Eltern ihr Leid zu klagen, das brachte ihr rein gar nichts. Ihre Mutter sagte immer, dass es Schlimmeres gäbe. Das sie froh sein sollte, dass sie zwei Augen, Arme und Beine hätte.
Mila hatte nicht das Bedürfnis, allen und jedem zu gefallen. Aber eine groteske Figur zu sein, widerlich und abstoßend zu sein, das tat weh. Sie konnte ihren eigenen Anblick nicht ertragen, deshalb hatte sie alle Spiegel aus ihrer Wohnung verbannt.

Nun hatte sich genau diese Mila verliebt. Sie hatte via Internet einen netten Mann kennengelernt. Der Mailkontakt war einfach wunderschön. Sie befanden sich auf einer Gefühlsebene. Sie hatten Fotos ausgetauscht. Mila hatte ihm ein Foto zugesandt, welches mehrfach im Fotoshop bearbeitet worden war. Immer noch sah man keine Schönheit auf dem Foto, aber es war trotzdem ganz ansehnlich geworden.
Das Schreiben mit dem jungen Mann, der sich als Jörg vorgestellt hatte, gehörte fortan zu ihren liebsten Aufgaben.

Nun weiter zu Milas Leben. Mila arbeitete als Bürokraft im hinteren Bereich einer Autowerkstatt. Hier hatte man sich an ihr Aussehen gewöhnt. In ihrer Pause stand sie oft am Fenster und zerbröselte ihr ganzes Frühstücksbrot, um es an die hungrigen Spatzen zu füttern. Nach Feierabend stand sie an den Straßenecken um für die Obdachlosenhilfe warme Decken und Suppen zu verteilen. Hier wurde ihr Dankbarkeit entgegengebracht, man erkannte ihr inneres Wesen und sah nicht nur ihre Hässlichkeit. Seit Mitte des Jahres bastelte sie an Weihnachtsgeschenken. Hier gab es Duftsäckchen, sie häkelte Deckchen und strickte Schals, Strümpfe, Mützen und Handschuhe. Aus Ton töpferte sie Schalen und Becher. Ihr gesamtes Wohnzimmer hielt als Lager für die gefertigten Sachen her. Ihre Eltern lebten nicht mehr. Sie war mutterseelenallein auf dieser Welt. Doch da gab es die hilfsbedürftigen Menschen, die Menschen in Not, die Menschen ohne Freude und Lichtblick. Und genau diesen Lichtblick, ja den wollte Mila den Menschen verschaffen. Für die alte Frau Sörensen aus dem Nachbarhaus hatte sie wunderschöne Spitzendeckchen gehäkelt. An die Obdachlosen verteilte sie schön verpackte Weihnachtspäckchen mit wärmenden Wollsachen. Manche bekamen ihre eigenen Kaffeebecher und Suppenschüsseln. Diese wurden mit einem kleinen Schildchen versehen. „Auf das diese Schüssel und der Becher immer gut gefüllt sein werden." Mila arbeitete immer bis spät in die Nacht hinein. Vormittags arbeitete sie in der Firma, nachmittags bei der Obdachlosenhilfe und abends fertigte sie ihre kleinen Geschenke an. Selbst an den Pfarrer, den gutmütigen Apotheker und den netten Kaufmann hatte sie gedacht. Alle bedachte sie mit kleinen Aufmerksamkeiten. Vom Kaufmann durfte sie immer die Lebensmittel mit einer noch kurzen Restlaufzeit abholen. Die Obdachlosen erfreuten sich sehr an diesen kleinen Gaben. Mila ging es immer schlechter in dieser Zeit, seit gut drei Wochen plagte sie eine schwere Erkältung. Wahrscheinlich hatte sie sich verkühlt, als sie einer älteren, frierenden Obdachlosen ihren Mantel gab und selber zitternd vor Kälte nach Hause ging. Milas einziger Lichtblick waren die dankbaren Gesichter der beschenkten Menschen. Doch es gab auch diejenigen, die nur zaghaft etwas von ihr annahmen, ihr abwertend ins Gesicht blickten, denn da holte sie wieder ihre Hässlichkeit ein. Jedoch gab es seit geraumer Zeit ihren weiteren Lichtblick, den Fremden aus dem Internet. War es überhaupt noch ein Fremder? Nein, es war Jörg und er war ihr so nahe gekommen, wie noch nie ein anderer Mensch. Mila hatte sich verliebt. Und doch war ihr bewusst, dass es keine Chance für diese Liebe gab. So kannte Jörg doch nicht ihr wahres Gesicht. Sie konnte durch seine Briefe tief in ihn hineinblicken. Sie kannte ihn mittlerweile so gut. Zwischen ihnen bestand ein unsichtbares Band, eine enge Bindung. Sie träumte so sehr von diesem Mann. Der 24. Dezember nahte, der Heiligabend. Jörg wollte sie zur Christmette zu um 0.00 Uhr in der hiesigen Kirche treffen. Mila versprach dort zu sein. Nur ob sie sich letztendlich zu erkennen gab, das war eine andere Frage. Die Christmette in der großen Kirche war immer gut besucht und Mila hatte in der Vergangenheit zur Genüge gelernt, sich geschickt verdeckt zu halten.

Mila hatte viel zu tun an diesem Tag. Zuerst verteilte sie ihre Geschenke in der Nachbarschaft. Frau Sörensen legte wie jedes Jahr ihr Päckchen gehetzt unter dem Weihnachtsbaum ab, denn sie wartete ungeduldig auf ihre Enkelkinder, die ihre Geschenke abholen wollten. Der Kaufmann hatte auch keine große Zeit und steckte das Geschenk in die Tasche seines Kittels. Der Pfarrer feilte noch an seiner Rede und sah nur kurz auf, als sie das Päckchen vor ihn hinlegte. Der Apotheker war gar nicht anwesend, seine Mitarbeiterin nahm das Geschenk in Vertretung entgegen. Mila war sich jedoch sicher, wenn sie die kleinen Gaben auspacken würden, dann würde sich ein jeder über diese ganz persönlichen Geschenke freuen. Mila hatte sich so viele Gedanken um jeden gemacht, hatte Lieblingsfarben, Lieblingsdüfte und weitere Vorlieben bedacht. In der Obdachlosenhilfe ging es hoch her. Hier schenkte man im Moment dem Weihnachtspunsch mehr Bedeutung, als den Präsenten von Mila, die unter dem Weihnachtsbaum weilten. Mit zunehmendem Alkoholgenuss machten ihr die Männer eindeutige Avancen. Das verbitterte Mila wiederum, denn wie hieß es doch so schön: „Das Mädel wird schöner mit jedem Glas Wein." Leise Tränen liefen Mila übers Gesicht, als sie bemerkte, wie lieblos nun ihre kleinen, hübsch verpackten Päckchen aufgerissen wurden. Mila fieberte mittlerweile sehr stark, sie konnte sich nicht mehr auf den Beinen halten. Als sie wieder zu sich kam, lag sie hinter dem Suppentresen. Niemand hatte ihren Schwächeanfall bemerkt, wie auch, es interessierte sich eh niemand für sie. Mit letzter Kraft machte sich Mila auf zur Kirche. Sie wollte Jörg kennenlernen. Was heißt kennenlernen, sie wollte ihn einfach sehen, den Mann, nach dem sich ihr geschundenes Herz so sehr sehnte. Sie wollte die liebevoll geschriebenen Wörter eigens aus seinem Mund hören. Mila verzog sich fröstelnd in die Nähe eines Pfeilers. Von hier konnte sie die Kirche gut überschauen und sich gegebenenfalls hinter diesem Pfeiler verstecken. Die Kirche füllte sich zusehends. Dann sah sie ihn. Er wurde zu seinem Platz geführt. Mila sah die gelbe Binde mit den drei schwarzen Punkten an seinem Arm. Jörg war blind. Wäre Mila nicht so elend zumute gewesen, dann hätte sie vor Freude gejauchzt. So schlimm seine Blindheit für ihn sein mochte, so konnte sie doch ihr Glück bedeuten. Der Platz neben ihm war noch frei. Mila setzte sich unter den abwertenden Blicken der anderen Menschen neben Jörg. Sie berührte leicht seine Hand. Er griff danach und sagte sanft: „Mila, da bist du ja endlich." Der Gottesdienst begann und Mila glaubte zu träumen. Das waren die bisher glücklichsten Momente in ihrem Leben. Jörg sah so gut aus, sie konnte ihn gar nicht genug anschauen. Er streichelte und küsste ihre Hände. So viel Zärtlichkeit. Mila wusste nicht mehr, ob das nun aufkommende Schwächegefühl von der Nähe zu Jörg kam oder von ihrer Erkrankung. Sie fröstelte und Jörg schlang den Arm um sie. Mila glaubte zu träumen und schwebte förmlich auf Wolke sieben. Zum Ende des Gottesdienstes blieben beide noch sitzen. Und Jörg sagte: „Mila, ich habe mich in dich verliebt. Ich bin zwar blind, aber ich kann mit den Händen fühlen und sehen. Bitte lass mich dich berühren." Mila zögerte, doch dann ließ sie es zu. Und Jörg konnte wirklich mit den Händen sehen. Als er ihr Gesicht erkundete, schreckte er zurück. Als wenn er eine heiße Herdplatte berührt hätte, so zuckten seine Hände weg von ihr. In seinem Gesicht spiegelte sich Entsetzen wieder. Und schon hörte man eine weitere Stimme und zwar von dem jungen Mann, der Jörg in die Kirche geführt hatte. „So Jörg, da bin ich wieder. Abmarsch nach Hause. Bor eh, bloß schnell weg von dem hässlichen Vogel neben dir. Hoffentlich ist deren Hässlichkeit nicht ansteckend. Wusste ja nicht, dass sie Zombies hier in die Kirche lassen." Unter polterndem Gelächter zog er Jörg hinter sich her. Und dieser, ja dieser, sagte einfach gar nichts. Mila schleppte sich weinend nach Hause. Sie legte sich so wie sie war in ihr Bett, für alles andere fehlte ihr mittlerweile die Kraft. Mila dachte in ihrem Fieberwahn an die schönsten Momente in ihrem Leben. Davon gab es nicht viele. Nämlich lediglich die Momente in der Kirche zusammen mit Jörg. Ihre Hände liefen blau an und sie schlief mit einem Lächeln auf dem Gesicht ein. Nach Weihnachten bemerkte man Milas Fehlen auf der Arbeit. Mila war in der Weihnachtsnacht verstorben. Ihre verschleppte, schwere Grippe hatte sich auf das Herz geschlagen. Mila hatte nicht mehr die Nachricht von Jörg lesen können, in welcher er schrieb: „Mila entschuldige mein Erschrecken. Ich liebe dich, ich muss dich wiedersehen. Du bist für mich die schönste und liebreizendste Frau auf der Welt. Bitte verzeih mir mein Verhalten. Du bist ein wahrer Engel."

Ansonsten wurde Milas Ableben nicht bemerkt. Auf der Arbeit gab es schnell Ersatz und auch sonst wurde sie ersetzt. Sie hinterließ keine Lücke, so könnte man denken. Jedoch als das nächste Weihnachtsfest kam, da bedachte man Mila. Frau Sörensen hatte kein Paket unter dem Weihnachtsbaum liegen, denn ihre Familie schenkte sich mittlerweile nichts mehr. Der Kaufmann fasste den ganzen Tag an seine Kitteltasche und hatte Tränen in den Augen. Der Apotheker schaute seine Angestellte erwartungsvoll an, doch sie verabschiedete sich lediglich mit einem Weihnachtsgruß. Die Obdachlosen erhielten ihre Suppe und den Punsch, aber die kleinen liebevollen Geschenke blieben aus. Später fanden sie sich alle in der Christmette ein. Die Obdachlosen, die alle die wärmenden Stricksachen trugen. Frau Sörensen, der Apotheker, der Kaufmann und auch Jörg. Alle hörten zu, als der Pfarrer von einem Engel erzählte, der auf die Erde kam, um an alle Liebe und Wärme zu verteilen. Und ein jeder dachte bei diesen Worten an seinen ganz persönlichen Engel. An Mila!

Der 13. Dezember:

Ein besonderes Geschenk von Frauke Sattler

Meike hatte die letzten Geschenke für ihre Enkelkinder eingepackt. Sie sah auf die Uhr. Sie war gut in der Zeit. Meike war um 12 Uhr zum Essen bei ihren Kindern eingeladen. Um 16 Uhr sollte der Weihnachtsmann kommen. Meike legte die Geschenke in eine große Tasche, zog ihren Mantel an und öffnete Haustür. Erstaunt blieb sie stehen, vor ihr saß ihr großer Kater Mikesch und neben ihm saß ein kleines weißes Kätzchen mit grauer Zeichnung am Kopf und großen blauen Augen. „Hallo Mikesch willst du mir deine Freundin vorstellen?" Kein Zweifel, so wie die kleine Katze dasaß und sich bewegte, konnte es nur ein Mädchen sein. Mikesch sah sie an und maute. „ Da hast du dir aber eine schlechte Zeit ausgesucht!" Meike ging aber noch einmal in die Küche und kam mit zwei kleinen Schüsseln Futter zurück und stelle sie den Katzen hin.

Die Feier mit den Enkelkindern war wie jedes Jahr sehr schön. Jette, die Älteste, war hin und her gerissen, gerne wollte sie noch an den Weihnachtsmann glauben. Aber irgendwie war es schon alles komisch. Ja und die kleine Mia fand es überhaupt nicht lustig, dass der Weihnachtsmann von ihrem Schnuller wusste und er ihn am liebsten mitgenommen hätte. „Der braucht nächstes Jahr gar nicht wiederkommen.", war ihr

Kommentar, als der Weihnachtsmann die Tür hinter sich geschlossen hatte.

Als Meike am Abend zu ihrem Haus zurückkam, saß das kleine Kätzchen noch vor der Tür. „Nun geh mal schnell nach Hause, du wirst bestimmt erwartet." Aber das Kätzchen blieb sitzen.   So blieb es auch in den nächsten Tagen. Wann immer Meike vor die Tür trat, saß Flöckchen, so nannte Meike sie, vor der Tür oder sie kam angerannt. Im Schuppen hatte sie ein trockenes Plätzchen gefunden. Silvester kam, es wurde schon am Morgen geknallt. Mikesch hatte sich schon verkrochen und war nicht mehr zu sehen. Aber Flöckchen saß eisern vor der Tür. Um Mitternacht knallte es von allen Seiten, aber Flöckchen störte es nicht. Sie saß vor der Tür und sah in den Himmel. In den ersten Tagen des neuen Jahres wurde es immer kälter und in den Nachrichten wurden noch härtere Minustemperaturen angekündigt. Meike machte sie Sorgen um die kleine Katze.

Eines Morgens nahm sie ihr Smartphone und machte Fotos von Flöckchen. Dann ging sie in die Nebenstraßen von Haus zu Haus, zeigte das Foto und fragte, ob jemand wisse, wo das Kätzchen hingehörte. Niemand konnte helfen. Oft hörte sie: „ Ja, die hat sich hier auch schon herumgetrieben!" oder „Ja, der habe ich auch schon Futter gegeben." Jedoch keiner vermisste Flöckchen.

Am Samstagnachmittag nach Silvester nahm Meike ein kleines Körbchen, das eigentlich für Wolle vorgesehen war und legte Kissen hinein. Dann ging sie hinaus, nahm Flöckchen auf den Arm und nahm sie mit ins Haus. Meike setze sie ins Körbchen. Flöckchen rollte sich zusammen und schlief und schlief. So blieb es in den nächsten Wochen. Sie verließ das Körbchen nur zum Fressen und für die Katzentoilette. Es dauerte lange bis Flöckchen das erst Mal aus dem Haus ging. Noch heute ist sie nicht lange draußen.

Flöckchen kam in einer der Rauhnächten zu Meike. Ist es ein ganz besonderes Geschenk von Frau Holle?

„Wer weiß, wer weiß…", dachte Meike immer wieder bei sich.

Die Rauhnächte sind die 12 Tage zwischen Weihnachten und dem Dreikönigstag am 6 Januar.

Erklärung – Die Rauhnächte von Frauke Sattler

Als man die Zeit nach dem Mondkalender zählte, fehlten 11 Tage und 12 Nächte in einem Sonnenjahr. Diese Tage nannte man die Rauhnächte.

Es gibt sehr viele Bräuche zu diesen Nächten. Es ist regional sehr unterschiedlich.

Einige Beispiele:

In diesen Nächten öffnet Odin den toten Seelen, den Tieren und den Geistern ihre Tore. Sie dürfen in den Rauhnächten als „ Wilde Jagd" ihr Unwesen treiben. In so mancher Nacht ist Holla an der Seite ihres Gemahles Odin. Holla ist bei uns als Frau Holle bekannt. In dieser Zeit sollte man einiges vermeiden um Ärger abzuwenden. So sollte nicht Schwarzes genäht werden, keine Wäsche gewaschen werden und keine weißen Tücher an die Leine gehängt werden. Die weißen Tücher wurden als Leichentücher von der „Wilden Jagd" ins Haus zurückgebracht.

Holla ist als Muttergöttin bekannt, die den Menschen sehr zugewandt ist. Sie kann Menschen von Krankheiten heilen. Sie hat den Menschen zahlreiche Kulturtechniken gebracht, wie das Spinnen und das Weben. Als große strahlende Himmelskönigin regiert sie über die Elemente, das Wetter und die Jahreszeiten.

Sonnenschein fließt, wenn sie ihr Haar kämmt.

Die Welt ist von Nebel umgeben, wenn sie Feuer macht und kocht.

Wolken sind ihre Schafe, die sie auf die Weide führt.

Regen fällt wenn sie das Waschwasser ausleert.

Schnee fällt wenn sie ihre Federbetten ausschüttelt.

Holla wird als weise Frau angesehen.

In diesen Nächten soll eine besondere Energie herrschen, die unsere Träume beeinflusst. Jede Rauhnacht steht für einen Monat im neuen Jahr. Was man träumt oder am einzelnen Tag erlebt, kann den betreffenden Monat beeinflussen.

Es ist auch die Zeit der Wintersonnenwende, die dunkelste Zeit im Jahr. Eine Zeit des Wandels zwischen Dunkelheit und Licht. Die Geburt des Lichtes wird gefeiert, die Tage werden wieder länger.

Ein sehr netter Brauch besteht am Anfang der Rauhnächte. Man schreibt auf 13 Zettel Wünsche. Die Zettel faltet man einzeln zusammen und legt sie in eine Dose. Jeden Tag zieht man nun einen Zettel und verbrennt ihn ungelesen. Ein Zettel mit einem Wunsch bleibt nun übrig. Diesen liest man und sorgt nun selber dafür, dass er in Erfüllung geht.

In der heutigen Zeit sind die Rauhtage eine wunderbare Gelegenheit, zum Ausklang des Jahres zur Ruhe zu kommen und sich in der stillen Zeit auf das neue Jahr hin, auszurichten. Bei sich zu sein, Zeit für Achtsamkeit und Besinnung schaffen.

Der 14. Dezember:

Das Friedenslicht von Frauke Sattler

In diesem Jahr hatte Meike sich vorgenommen die Adventzeit besinnlicher zu erleben. Sie hatte alle Termine bis Ende November gelegt und konsequent nichts Neues mehr angenommen. Es musste doch möglich sein, einmal runterzukommen und den Tag zu genießen. Nun war sie seit zwei Jahren in dem hart erkämpften Frühruhestand und nichts hatte sich verändert. Eine Arbeit gab sie ab und zwei Neue nahm sie an. So ging es nicht weiter. Meike ging in sich und wollte dieses Mal wirklich einiges ändern. Endlich einmal Zeit für sich haben…nichts tun. Zu sich kommen. Dazu gehört auch, in der Weihnachtszeit das Friedenslicht in ihre Wohnung zu holen. Ein Brauch den Meike schon einige Jahre verfolgte.

Im Jahre 1986 entstand beim Österreichischen Rundfunk die Idee, ein Licht aus Bethlehem, als Botschafter des Friedens, in die Länder zu senden und so die Geburt Jesus zu verkünden.

Von Bethlehem aus reist das Licht mit dem Flugzeug in einer explosionssicheren Lampe nach Wien. Dort wird es am dritten Adventswochenende von Pfadfindern aus den verschiedensten Ländern abgeholt und verteilt. Züge mit dem Licht fahren über den ganzen Kontinent.

Auch unsere Pfadfinder holten es von Wien ab und brachten es mit dem Zug nach Meldorf. Von verschiedenen Treffpunkten aus, verteilen sie das Friedenslicht über Meldorf hinaus.

Am 21. Dezember wollten die Pfadfinder das Licht in die Nähstube nach Meldorf bringen. Meike hatte für das Licht alles vorbereitet. Auf eine antike Kommode hatte sie einen großen Kristallleuchter, mit einer großen Stumpen Kerze, gestellt. Die Kerze war gut abgelagert und sollte gut brennen. Es war Meike immer zu schade gewesen sie anzuzünden, aber für das Friedenslicht sollte es nun sein.

Für den Transport, mit dem Wagen, hatte Meike ein großes Weck-Glas gewählt. In der Mitte des Glases hatte sie mit Hilfe einer Klebepistole eine Kerze befestigt. Nun konnte die Reise losgehen.

Mit Gesang kamen die Pfadfinder pünktlich in die Nähstube. Es hatten sich ca. 30 Menschen eingefunden um das Friedenslicht in Empfang zu nehmen. Es herrschte eine eigenartige Stimmung. Eine totale Stille, ehrfurchtsvoll nahm jeder einzelne das Friedenslicht entgegen. Auch Meikes Gefühlswelt geriet durcheinander. Sie, die so realistisch und logisch veranlagt war, wurde still und stiller, in sich gekehrt. Sie spürt wie Ruhe und Zufriedenheit in ihren Körper einzogen. Das Friedenslicht wirkte sofort auf Meike.

Es wurden noch einige Lieder gesungen, dann ging jeder, leise für sich, mit dem Friedenslicht nach Hause.

Zu Hause angekommen zündete Meike gleich die große Kerze mit dem Friedenslicht der kleinen Kerze im Weck-Glas an. Sie spürte ein wenig Angst, das Licht könnte ausgehen, aber alles ging gut.

Nun war die Zeit angebrochen, die Meike sich so sehr gewünscht hatte. Das Friedenslicht hatte auch Meike inneren Frieden gebracht und so blieb es auch. Es war eine wunderschöne, entspannte Weihnachtszeit. Von der Hektik rund herum ließ Meike sich nicht anstecken. Oft saß sie alleine oder mit ihren Enkelkindern vor dem Friedenslicht, las Geschichten vor oder hing ihren Gedanken nach.

Gerade in dieser Zeit dachte sie an das gemeinsame, gewesene Leben mit Ole, bevor er über den Regenbogen ging. Sie vermisste ihn sehr. Oft kam eine Träne, aber genauso oft musste sie lächeln. Alles war gut so, wie es war.

Das Friedenslicht sollte nun bis zum 6. Januar brennen. In diesen Tagen liegen auch die Rauhnächte. In der Nacht vom 24 auf den 25 Dezember kommen die Rauhnächte zu uns. In diesen Nächten sollen wir genau auf unsere Träume achten. Oft kommen Botschaften für die Monate des neuen Jahres in der Traumwelt zu uns. Die Rauhnächte sind die Zeit zwischen den Jahren, zwischen der Wintersonnenwende und den Heiligen Dreikönigen. Sie sind Tage voller besonderer Energie. Viele Bräuche gab es in dieser Zeit zu beachten. Gute und weniger Gute.

An einem dieser Tage kam auch Flöckchen, eine kleine Katze zu Meike und blieb. Es war eins der schönsten Geschenke, die Meike je bekam. Ein Geschenk von Frau Holle, wie Meike sich immer im Stillen sagte.

Dann kam der 5 Januar, heute um 24 Uhr sollte das Friedenslicht gelöscht werden. An dem Abend setzte Meike sich, wie so oft, ein letztes Mal in einem Schaukelstuhl und schaute in das Friedenslicht. Sie hing ihren Gedanken nach. Ja… und dann war es so weit. Meike hielt einen Kerzenlöscher aus Messing in der Hand. Damit wollte sie nun das Friedenslicht löschen. Sie hielt inne, es viel ihr schwer, das Licht zu löschen. Es war eine sehr schöne Zeit gewesen. Aber dann sagte sie sich, im Dezember kommt das Friedenslicht wieder von Bethlehem nach Meldorf. Sie spürte ein Lächeln in ihrem Gesicht. Ganz langsam hob sie die Glocke des Kerzenlöschers über die Flamme des Friedenslichtes und ließ sie hinunter gleiten. Eine schöne, besinnliche Zeit…eine Zeit der Wärme und Geborgenheit war nun vorbei.

Der 15. Dezember:

Ein Geschenk kommt nie zu spät von Frank Volkelt

Achim saß mit seinen Kollegen in lustiger Runde bei einer betrieblichen Weihnachtsfeier zusammen. Es ging hoch her und die Stimmung war ausgelassen. Nach dem Essen fand der alljährlich beliebte Julklapp statt. Achim fand daran nicht so großen Gefallen, da die Kollegen meist „schrecklich" schöne Geschenke verteilten. Und so war es auch in diesem Jahr. Kollege Werner erwischte dieses Jahr selbstgehäkelte Topflappen und Juliane bekam ein Set Schraubenschlüssel (wie passend). So zog sich die Palette der Geschenke hin, bis Achim an der Reihe war seines auszupacken. Alle Blicke ruhten auf ihm. Mit einem leichten Schmunzeln erwartete er das Grauen. Nach dem Öffnen seines Päckchens hielt er eine Figur in seinen Händen. Mit starrem Blick betrachtete er den für ihn prachtvollen Häuptling. Dieser saß mit einem Federschmuck, der vom Kopf bis zu den Hüften hinabreichte, stolz auf seinem Pferd. Die Kollegen lachten über das Geschenk. Doch bei Achim löste dieses Erinnerungen und Emotionen aus. Seine Augen bekamen einen feuchten Schimmer. Nun fühlte er sich um Jahre in seine Kindheit zurückversetzt. Er befand sich wieder im Wohnzimmer seines Elternhauses. Der schön geschmückte Weihnachtsbaum stand in der Mitte des Raumes. Die roten Weihnachtskugeln erstrahlten im Lichterglanz und an der Tannenbaumspitze steckte wie immer der goldene Engel. Rundherum hatte Mutter wieder ihre ganzen Wichtel im Zimmer verteilt. Damals schon hatte Achim die Leidenschaft zu Indianern gehabt. Zu dem Zeitpunkt besaß er bereits ein kleines Indianerdorf mit vielen Figuren und Zubehör, doch der besagte Häuptling blieb ihm immer verwehrt. Da die Eltern in den Jahren finanziell nicht gut gestellt waren, gab es fast nur selbstgemachte Geschenke. Von der Mutter gab es häufig selbstgestrickte Kleidung und vom Vater aus Holz geschnitzte Teile für sein Indianerdorf. Auf solch eine Figur, die er jetzt in den Händen hielt, hatte er immer gehofft. Das Indianerdorf gab es noch heute in seiner Vitrine. Nach so vielen Jahren kam nun das I-Tüpfelchen endlich dazu. Der Häuptling, von den Kollegen anfangs belächelt, war für Achim jedoch ein unbeschreiblich schönes Geschenk.

Achim teilte seine Erinnerungen nun mit den Kollegen. Danach verstummte das Lachen und so manch anderes Auge schimmerte ebenfalls wässrig. Für Achim wurde diese Weihnachtsfeier mit den Kollegen, zur Schönsten bisher.

Der 16. Dezember:

Alle Jahre wieder von Kerstin Schreiber

Weihnachten bei uns Zuhaus...verlief jedes Jahr gleich und schön.....

Am Heiligabend war der Baum geschmückt. Im Ofen brutzelte die Gans und wir Kinder warteten auf das Christkind. Nachmittags gingen wir mit Mama in den Kinder-Weihnachtsgottesdienst und wenn wir nach Hause kamen, war das Christkind immer schon dagewesen und es fand eine schöne Bescherung pünktlich zu um 18 Uhr statt. Danach gab es die leckere Weihnachtsgans. Es war sehr schön, dass alles nach festen Ritualen ablief.

Heute bin ich 35 Jahre alt, bin verheiratet und habe selber zwei Kinder. Wie gerne würde ich meinen Kindern diese schönen und festen Rituale weitergeben. Und...ich versuche es jedes Jahr...jedoch klappen, das tut es leider nie!

Weihnachten bei mir – Chaos pur! Und ich wollte es so gerne so herrichten, wie meine Eltern es immer schafften. Denn – es war soooo schön!

Bei uns klappt nichts. Entweder war der Baum nicht rechtzeitig geschmückt. Oder die Weihnachtsgans verbrannte, da half dann nach Geschäftsschluss nur noch Mc Donalds. Die Geschenke kamen nicht rechtzeitig an, da man ja im heutigen Zeitalter und der allgemeinen Hektik nicht mehr wie früher in ein Geschäft ging, sondern eben alles bei EBay ersteigerte und auch auf die überlasteten Paketversandhandel kein Verlass mehr war.

Also verlief alles im Chaos und meine Kinder kannten Weihnachten nur mit einem Teil der Geschenke, halb geschmücktem Baum und gegen 20.00 Uhr eine Happy Meal Tüte von Mc Donalds.

Ich nahm mir jedes Jahr den Vorsatz, dass im nächsten Jahr alles anders werden solle!

Doch dieses Mal festigte ich diesen Vorsatz. Ich hatte einen Plan und diesen arbeitete ich sorgfältig ab.

Ich besorgte in diesem Jahr alle Geschenke bereits im Oktober. Das war richtig entspannend, da nirgendwo Weihnachtsstress herrschte. Ich verpackte alle Geschenke wunderschön weihnachtlich, denn das Papier lag noch vom Vorjahr herum, da die Geschenke nicht rechtzeitig zu Weihnachten geliefert wurden.

Ich verstaute die verpackten Geschenke in Bananenkartons, welche ich mir vorab im Einzelhandel besorgt hatte. Und diese dann wiederum schön in unserem Keller.

Im November besorgte ich edlen Wein und schöne Getränke für die Kinder.

Ende November schmückte ich das ganze Haus weihnachtlich. Ich weiß, es war viel zu früh, aber ich dachte: „Besser früh als gar nicht."

Bereits Anfang Dezember suchte ich gemütlich einen Weihnachtsbaum beim benachbarten Bauern auf dem Feld aus. Der Bauer markierte diesen mit einer roten Schleife und sagte mir, dass ich ihn zu Weihnachten abholen könnte.

Genauso bestellte ich die Gans bei einem anderen Bauern.

Am 23. Dezember holte ich Baum und Gans ab.

Wunderbar! Weihnachten fiel in diesem Jahr für meinen Plan sehr günstig. Der Heiligabend war ein Samstag. Meine Familie hatte frei. Mein Mann musste nicht zur Arbeit, meine Kinder nicht zur Schule und in den Kindergarten.

Am Freitagabend gingen wir alle schlafen. Jedoch klingelte mein Wecker bereits um zwei Uhr nachts. Ich begann den Baum zu schmücken. Er wurde wunderschön. In der Zwischenzeit backten die Kekse im Ofen. Jedoch vor lauter Weihnachtsbaumschmücken vergaß ich mal wieder die Kekse, sie verbrannten, so wie jedes Jahr. Jedoch hatte ich nach dem Weihnachtsbaumschmücken noch genügend Zeit neue Kekse zu backen.

Danach kümmerte ich mich um den Nachtisch für unser Heiligabendmahl. Hier gab es immer eine spezielle

Mohnspeise, welche es schon bei meinen Großeltern gegeben hatte, also eine Familientradition.

Die Kekse wurden toll, die Mohnspeise konnte fertig in den Kühlschrank.
Mittlerweile wurde meine Familie wach und freute sich mit mir an der weihnachtlichen Stimmung.

Gegen Nachmittag köchelte der Rotkohl auf dem Herd, die Gans brutzelte im Ofen vor. Ich deckte den Tisch und war in Hochstimmung. Die Kinder tollten im Garten, denn es fielen die ersten Schneeflocken. Also – einfach perfekt. Ich holte die Kartons mit den Weihnachtsgeschenken aus dem Keller und dekorierte sie klammheimlich unter dem Weihnachtsbaum.

Gegen Nachmittag machten wir uns alle vier auf, um in den Weihnachtskindergottesdienst zu gehen.

Als wir Zuhause ankamen, war unser Haus, dank Zeitschaltuhren, in festlichem Lichterglanz gehüllt. Die Kinder bekamen glänzende Augen. Und ich freute mich, wie ein König.

Sofort machten wir uns an die Bescherung, denn das Christkind war ja auch bereits dagewesen….

Für mich war es wie früher. Und die ganze Belohnung für meine Arbeit waren die glänzenden Augen meiner Kinder und die verliebten Blicke meines Mannes.

In der Zwischenzeit war die Gans fertig gebrutzelt und die Kinder wurden von den neuen Spielsachen gelöst und wir aßen entspannt unser Weihnachtsmahl.

Danach durften die Kinder noch etwas spielen, bevor sie glücklich und zufrieden in ihren Betten landeten. Mein Mann lobte mich für den perfekten Ablauf und bedankte sich für das schönste Weihnachtsfest seines Lebens. Er prostete mir mit dem köstlichen Wein zu und schaute mir tief in die Augen. Ja und nun wollte ich meinem Mann das wunderschöne Negligee vorführen, was ich mir extra für den krönenden Abschluss des Weihnachtsabends besorgt hatte. Ich legte mich so gekleidet auf unser Bett und erwartete meinen Mann. Leider blieb es dabei, denn als mein Mann zu mir kam, hatten das frühe Aufstehen, der Weihnachtsstress und der gute Wein sein Übriges getan. Ich schnarchte selig vor mich hin…..

Dieser Abschluss war zwar nicht so geplant, aber ganz nach dem Motto: „Wenn sie nicht gestorben sind, so leben sie noch heute!" So gibt es ja auch noch ein nächstes Jahr. Und irgendwann wird auch mein Weihnachtsfest so perfekt und traditionell ablaufen, wie ich es aus meiner Kindheit in Erinnerung habe.

Nachspeise zu Weihnachten

Rezept:

Weihnachtliche Traditions-Mohnspeise

Zutaten:

150 g gemahlenen Mohn, 1 Liter Milch, 100 g Zucker, 50 g Rosinen, 50 g Haselnüsse gemahlen, 1 Pck. Vanillezucker, 2 EL Honig, 3 Brötchen (gerne altbacken), 50 g Mandeln gemahlen

Zubereitung:

Brötchen in Scheiben schneiden, 30 g Zucker darüber streuen, mit einem halben Liter Milch übergießen, einweichen lassen. Restmilch aufkochen. Mohn, Zucker, Rosinen, Mandeln, Nüsse, Vanillinzucker und Honig dazugeben. Alles ca. 10 Minuten kochen, dabei immer wieder gut umrühren. Die eingeweichte Brötchenmasse abwechselnd mit der Milch-Mohnmasse in einer Schüssel schichten. Als oberste Schicht sollte der Mohn kommen. Mindestens 4 Stunden kaltstellen, am besten aber über Nacht.

Der 17. Dezember:

Omas Weihnachtsfest von Kerstin Schreiber

Jedes Jahr zu Weihnachten kam unsere ganze Familie bei meinen Großeltern zusammen. So lernte ich in meiner Kindheit bereits wunderschöne Weihnachtsfeste kennen. Jeder freute sich schon das ganze Jahr darauf. Nun war jedoch alles anders. Mein Großvater war bereits seit ein paar Jahren verstorben. Meine beiden Kinder Franzi und Joshua waren noch zu klein gewesen, um den Weihnachtszauber bei ihren Urgroßeltern richtig mitzubekommen. Natürlich führte meine Mutter nun unsere Weihnachtstradition weiter fort. Oma verweilte mittlerweile in einem Seniorenheim und wir wussten alle, dass sie das Weihnachtsfest in diesem Jahr nicht mehr erleben würde. Sie lag nur noch teilnahmslos in ihrem Bett und wartete förmlich auf den Tod. Dann würde sie unserem Großvater wieder nahe sein. Das nächste Weihnachtsfest wollte sie mit ihm verbringen, so wie früher, als sie noch jung waren, so meinte sie immer wieder. Da sind sie immer zu einem großen Weihnachtsmarkt gefahren, davon schwärmte sie uns sehr gerne vor. Dann kam mir dieser eine Gedankenblitz! Noch einmal meiner Großmutter ein so herrliches Weihnachtsfest zu bescheren. Zuerst hielt mich meine komplette Familie für irre. Immerhin hatten wir Mitte August, es war Sommer. Doch nachdem meine Vorschläge und Pläne langsam Gestalt annahmen, wuchs auch die Begeisterung der anderen. Ja! Oma sollte noch einmal richtig mit uns Weihnachten feiern. Wir bestellten jede Menge Kunstschnee, schmückten die Tannen in unserem Garten. Mutter buk jede Menge Kekse mit den Kindern. Auch der Christstollen nach dem Rezept meiner Großmutter stand auf dem Programm. Wir luden einige Marktbestücker ein. Als sie hörten, warum wir dieses im Sommer veranstalteten, gaben sie uns umgehend ihre Zusage. So gab es einen Bratwurststand, eine Glühweinbude, natürlich durften gebrannte Mandeln und Röstkastanien nicht fehlen. Dann kam das Highlight. Über einen Schneeveranstalter mit Schneehalle, Rodelbahn usw. konnte man Schnee bestellen. Ich sage gleich dazu, es war nicht ganz billig, aber das war uns das Glück unserer Oma wert. Wir bestellten eine Schneebar, eine Rodelbahn für die Kinder, sowie zwei LKW Ladungen mit Schnee, richtigem Schnee. Der Ablauf musste genau geplant werden. Wir hatten nicht viel Zeit. Zwar fand dieser Event erst in den Abendstunden statt, doch auch da waren die Temperaturen noch hoch genug, um den Schnee zum Schmelzen zu bringen. Nur bei der Menge würde es etwas dauern. Die Ränder des Gartens waren mit Kunstschnee bedeckt. Auf die große Fläche sollte der richtige Schnee kommen. Als ich meine Großmutter an diesem Abend aus dem Seniorenheim abholte, wurde Zuhause die Schneeladung abgeladen. „Oma, hast du dich auch warm genug angezogen?", fragte ich, als ich sie abholte. Sie war so klein und zerbrechlich, als sie in ihrem Rollstuhl saß. Jegliches Zeitgefühl war ihr abhandengekommen. Sie lächelte auf einmal verschmitzt: „Natürlich bin ich warm angezogen, so wie damals in jungen Jahren, als ich mit deinem Opa zum Weihnachtsmarkt fuhr. Ich habe so einen warmen Wollschlüpfer an, wie damals auch." Als wir an unserem Haus ausstiegen, lag ein Geruch von Schnee in der Luft. Oma sog ihn genussvoll ein. Leiser Glockenklang empfing uns bereits am Gartentor. Und dann standen sie alle mitten im Schnee, meine ganzen Lieben. Oma schlug verzückt die Hände vors Gesicht. Der Geruch von Glühwein, gebrannten Mandeln und Bratwurst zog über das Land. Die Kinder rodelten wie wild auf der Rodelbahn. Ihre Wangen leuchteten vor Eifer. Leichter Wind kam auf und ein kleiner Luftzug wehte klitzekleine Schneeflocken zu uns herüber. Omas Augen strahlten. Ganz bedächtig sagte sie: „Genauso sah es aus, wenn ich mit eurem Großvater zum Dorfplatz gegangen bin. Ich möchte so gerne zu Opa, ich habe solche Sehnsucht nach ihm." Dann kam der Weihnachtsmann mit seinem Rentierschlitten auf unseren Hofplatz gefahren. Er stieg vom Schlitten und nahm Oma ganz fest in den Arm und übergab ihr ein Lebkuchenherz, genauso wie sie es jedes Jahr von meinem Opa erhalten hatte. Wir sangen noch Weihnachtslieder und blickten in die glänzenden Augen von unserer Oma. An diesem Abend brachte ich meine Oma nicht mehr ins Heim zurück. Sie entschlief glücklich inmitten dieser Schneelandschaft. Meine Oma trat diesen letzten Weg mit glückgefüllter Seele im Kreise ihrer Lieben an.

Der 18. Dezember:

Die Weihnachtspyramide von Kerstin Schreiber

Wir befinden uns im Zeitalter der Digitalisierung und ebenfalls in einem neuen Zeithalter hinsichtlich der Beleuchtung. So auch zum Weihnachtsfest. Vor Jahren hatte ich bereits begonnen alles im und am Haus umzuändern. So war auch die komplette Weihnachtsbeleuchtung mit LEDs bestückt worden. Und die richtigen Kerzen waren bereits spätestens nach der letzten Renovierung aus dem Haus verbannt worden. Meine Frau, die damit erst gar nicht einverstanden war, musste sich letztendlich fügen, als ich ihr die verrußten Ecken, Fenster- und Bilderrahmen näher brachte. Das sollte nach der Renovierung nun nicht mehr passieren. Wofür gab es schließlich LED-Kerzen. In diesem Jahr hatte ich beim Aufräumen des Kellers jedoch die alte und sehr große Weihnachtspyramide wiederentdeckt. Ich hatte sie verbannt, schon allein wegen der rußenden Kerzen. Drei Tage vor Heiligabend begab ich mich daran, diese Pyramide umzurüsten. Sie war sehr alt, bereits von meiner Oma. Sie war so groß, dass sie meistens nur auf dem Fußboden gestanden hatte. Ich richtete alle Figuren wieder her, die Engel mit ihren Flöten, die kleinen Wichtel, Rentiere und auch in der unteren Etage Maria und Josef mit dem Jesuskind, den Hirten, Tieren und den Heiligen Drei Königen. Dann begab ich mich an die

Elektrik. Mein Sohn, der bereits in Kiel studierte und nicht mehr Zuhause wohnte, hatte hier noch die ganzen Elektroteile seiner ehemaligen Modelleisenbahn im Keller liegen. Ich fand den geeigneten Motor und auch einen passenden Trafo. Die Beleuchtung wurde mit LED-Lämpchen bestückt. Und dann war es so weit, ich steckte den Stecker in die Steckdose, regulierte den Trafo. Und schon drehte sich die Pyramide und spielte dazu noch die wunderschöne Melodie: „Stille Nacht, heilige Nacht..." Ich war so stolz auf mich, behielt es aber trotzdem erst einmal für mich. Am Heiligabend, war der Tisch wunderschön gedeckt mit jeder Menge Schüsseln, gefüllt mit Köstlichkeiten, den Fleischplatten und den kostbaren Weingläser. Die komplette Familie saß um den Tisch herum. Unsere Kinder mit Partnern, die Enkelkinder, unsere Eltern und natürlich meine Oma. Ich hatte meine Frau gebeten, dass sie in der Mitte des großen Tisches einen Platz freilässt. Nun holte ich die Pyramide aus dem Keller und stellte sie mit Hilfe meines Sohnes in die Mitte des Tisches, eingerahmt zwischen den ganzen Köstlichkeiten. Alle staunten nicht schlecht, als ich nun den Stecker einsteckte und die Pyramide sich gemächlich zu drehen begann und dazu die Klänge von „Stille Nacht, heilige Nacht...", ertönten. Besonders Oma war verzückt, so erkannte sie doch ihre eigene Pyramide wieder. „Schön hast du das gemacht, mein Junge.", sagte sie voller Stolz an mich gewandt. Leiser Glockenklang ertönte im Hintergrund. Draußen rieselten die ersten Schneeflocken. Nun war Heiligabend da. Plötzlich erfolgte erst ein knarrendes Geräusch, dann klackte es und die Pyramide begann sich immer schneller zu drehen. „Stille Nacht, heilige Nacht…", wurde nun von Mickey Mouse gesungen, so hörte es sich wenigstens an. Rasend schnell drehte sich die Pyramide. Alle schauten wie gebannt hin. Die Engel schmissen ihre Flöten weg. Unser Hund konnte noch soeben davor ausweichen. Nach und nach flogen die Flügel der Pyramide, sowie die Figuren durch die Gegend, landeten im Rotkohl, in den Kartoffeln usw.. Oma bekam eine ganze Ladung Rotkohl an den Kopf. Langsam färbten sich ihre Haare bläulich-rot. Mein Sohn zog den Stecker, das Spektakel hörte auf. Keiner sagte etwas. Als erstes fand meine Enkelin Luisa die Sprache wieder. „Opa, das war das schönste Weihnachten, machen wir das jetzt immer so?"

Der 19. Dezember:

Das Weihnachtsdorf von Kerstin Schreiber

Dieses Jahr hatte sie nicht alleine in der Großstadt verbringen wollen. Hier lebte und arbeitete sie, aber alles wirkte anonym. Jedoch genau das hatte Jana sich nach ihrer Scheidung vor drei Jahren gewünscht. In diesem Jahr wollte sie sich zu Weihnachten nicht einfach die Decke über den Kopf ziehen, sondern Weihnachten erleben. Sie hatte eine Reise in das Weihnachtsdorf nach Wanderup in Schleswig-Holstein gebucht. Drei ganze Tage drehte sich hier alles nur um das Thema Weihnachten. Alle Straßen waren festlich geschmückt und erstrahlten in prächtigem Lichterglanz. Jana wohnte in einer kleinen gemütlichen Pension. Hier roch alles bereits nach Weihnachten, herrlicher Plätzchenduft durchströmte das Gebäude. Im Gastraum stand ein offener Kamin und strahlte wohlige Wärme aus. Jana zog sich warm an und machte ihre erste vorsichtige Runde durch das Weihnachtsdorf. In jedem Vorgarten stand ein schöner Weihnachtsbaum, welcher mit den unterschiedlichsten Weihnachtskugeln geschmückt war. Jana glaubte fast zu träumen, so schön war das alles. Hier konnte man viel über Weihnachtsbräuche erfahren. So wusste sie z.B. nicht, dass viele Menschen eine Gurke in den Weihnachtsbaum hängen. Wer diese dann zuerst fand, der durfte als erstes ein Ge-

schen öffnen. Oder dass man einen Vogel an die
Christbaumspitze setzte und diesen nach Norden aus-
richtete. So sollten einem für das kommende Jahr viele
Freunde und ein Geldsegen beschert werden. Jana erstand einen wunderschönen Wichtel, da dieses Phanta-
siegeschöpf laut der nordischen Sage, Gutes tat und ein
hilfreicher kleiner Hausgeist sei. Die Menschen um sie
herum lachten und unterhielten sich fröhlich. Jana bestellte sich einen Punsch am Glühweinstand. Und dann
dachte sie zu träumen, denn sie sah in die wärmsten und
sanftesten Augen, die sie je gesehen hatte. Sie trank
ihren Punsch und spürte den Blick dieser Augen weiterhin auf sich. Wenn sie hinschaute, glaubte sie in diesen
Augen zu versinken. Zurück in der Pension, in ihrem
Bett angelangt, fand sie lange keinen Schlaf. Als der
Schlaf sie endlich einholte, träumte sie von dem Mann
mit den schönen Augen. Am nächsten Tag rief sie sich
wieder zur Vernunft. Heute ging sie bewaffnet mit einem Plan aus dem Haus. Zuerst nahm sie an einer
Kutschfahrt durch das Weihnachtsdorf teil. Hier konnte
sie sich erst einmal ein Bild machen, was es noch alles
gab. Themenmäßig war es hier unterteilt. Es gab ein
historisches Handwerkerdorf, das Wichteldorf, die Ei-
senbahnstadt und das Indianerdorf. Zwischendrin gab es
jede Menge Kunsthandwerkerangebote. Am Tage war
alles überschaubarer, aber am Abend wirkte alles noch
viel festlicher. Sie fuhr mit der Kutsche so durch die
Straßen, als sie ihn wieder wahrnahm. Eine Gänsehaut

gepaart mit einem wohligen Schauer streichelte ihre Haut. Dieses Mal hielt sie seinem Blick stand, als die Kutsche an ihm vorrüberfuhr. Sie schalt sich eine Närrin. Morgen wäre ihr letzter Tag hier in Wanderup und sie würde abreisen. Ihr Herz war da wohl anderer Meinung, denn es klopfte bis zum Hals und drohte zu zerspringen. An ihrem letzten Abend hatte sie noch das Wichteldorf und das Indianerdorf auf ihrem Plan. Heute fand im Indianerdorf eine Feuershow statt, da freute sie sich bereits den ganzen Tag drauf. Es war dunkel um sie herum und die Show begann. Alle Artisten waren schwarz gekleidet und trugen Augenmasken. Die Show war gigantisch. Die Flammen sprühten nur so vor ihren Augen. Mitten in diesem Treiben, als gerade der gefährlichste Akt des Abends präsentiert wurde, erblickte sie die Augen des Akteurs. Es waren genau die Augen des Mannes, nach dem ihr Herz so begehrte. Im Glanz des Feuers hatten seine Augen zusätzlich goldene Sprenkel. Er sah sie an und ihr war, als wenn diese letzte Show nur ihr galt. Das begleitende Lied „Immer wenn die Sonne untergeht….lass uns mit dem Feuer spielen"…brannte sich förmlich bei ihr ein. Ein schöner Traum, so dachte sich Jana. Als die Show zu Ende war, überquerte sie den Platz des Indianerdorfes um zur Pension zu gelangen. Vor einem Indianerzelt berührte sie eine Hand an der Schulter. Jana drehte sich um und schaute wieder in seine warmen Augen. Seine Stimme, welche ihr unter die Haut ging, raunte: „Komm zu deinem Häuptling in den Wigwam, mein Engel." Der Himmel war nah, ein Traum wurde wahr und ihr Leben nahm eine Wandlung, an diesem Weihnachtsfest.

Kikki's Nussecken

Rezept:

Nussecken mit Suchtfaktor

(man kann nicht wieder aufhören...)

Zutaten:

Für den Teig:

130 g Butter, 130 g Zucker, 2 Eier, 300 g Mehl, 1 Teelöffel Backpulver,

Für den Belag:

4 Esslöffel Aprikosenmarmelade, 200 g Butter, 200 g Zucker, 2 Päckchen Vanillezucker, 400 g Haselnüsse gehackt, 4 Esslöffel Wasser, Kuvertüre

Zubereitung:

Knetteig bereiten und auf einem gefetteten Backblech ausrollen. Aprikosenkonfitüre auf den ausgerollten Teig streichen. Butter, Zucker, Vanillezucker erhitzen, bis der Zucker sich gelöst hat. Nüsse zusammen mit dem Wasser unter die Butter-Zucker Masse rühren. Auf den Teig geben. Bei 175 Grad 25 Minuten backen. Noch warm zunächst in Rechtecke, dann in Dreiecke, schneiden. Auskühlen lassen und dann die Ecken in Kuvertüre tauchen.

Der 20. Dezember:

Ein Geschenk aus Schweden von Frank Volkelt

Weihnachten, ja dieses Jahr würde wieder ein größerer Teil der Familie zusammenkommen als sonst. Die Tante und der Onkel aus Schweden mit ihrem Sohn hatten sich über die Feiertage zu Besuch angemeldet. Die Vorfreude auf das Ereignis ließ mich kaum in den Schlaf kommen. Hatten wir uns doch schon fast zwei Jahre nicht mehr gesehen, da es mit dem Sommerurlaub in Schweden in diesem Jahr wegen der vielen Arbeiten am Haus nicht geklappt hatte. So würden dieses Jahr nicht nur Oma, Opa und der Onkel aus Hamburg, sondern auch der Familienteil aus Schweden, mit uns das Weihnachtsfest verbringen. Der rechtzeitige Schneefall dieses Jahr machte die Landschaft zu einer wunderschönen Weihnachtskulisse. Die Stimmung passte so herrlich zu allem dazu. Ich half beim Aufbau der Weihnachtsdekoration im und ums Haus herum wie immer mit.

Dieses Jahr musste alles besonders perfekt sein und so mussten Papa und ich viele Dinge nach Begutachtung von Mama nochmals umstellen, wie auch das große Rentier vorne im Garten. Es war eine herrliche Zeit mit all den Lichtern in und an den Häusern. Von der Kirche erklang am Abend der Glockenklang durchs Dorf. Auch hatten wir extra für den Besuch aus Schweden eine dort so typische Schneeballpyramide mit Kerze darin, im Garten gebaut. Diese wurde dann auch sehr oft von den vorbeigehenden Menschen am Zaun lange bestaunt.

Nun kam endlich der Heilige Abend und so manche Schneeflocke glitt leise und bedächtig zur Erde herab. Dann kamen sie endlich alle herein zum gemütlichen Weihnachtsfest bei uns. Erst gab es ein schönes leckeres Essen, das Mutter wieder mit viel Liebe und Mühe über den Tag vorbereitet hatte.
Danach begab sich die ganze Familie in die Stube, wo die Kerzen am Weihnachtsbaum entzündet wurden.
Beim Singen einiger Weihnachtslieder kam nun jeder so richtig in Weihnachtsstimmung.
Zu etwas späterer Stunde begann die Bescherung. Es wurde immer nur jeweils ein Geschenk unter dem Baum hervorgeholt und dem Bedachten gegeben. Alle schauten gespannt beim Auspacken zu. Irgendwann kam dann Papas Geschenk von den schwedischen Verwandten an die Reihe. Mein Onkel überreichte es ihm mit dem Hinweis, dass es sich hierbei um wunderschöne schwedische Landschaften handelte. Papa packte es aus, und tatsächlich es war ein sehr großer Kalender mit wunderschönen schwedischen Landschaftsbildern.
Doch nun wurde mein Onkel völlig unruhig und nervös. So hatte ich ihn noch nie erlebt. Er stammelte etwas auf Schwedisch, was natürlich keiner von uns verstand. Die Tante aber konnte sich dann ein Lachen doch nicht mehr verkneifen. Alle schauten sich ratlos an und man

wusste nicht was nun los sei. Doch dann kam des Rätsels Lösung.

Auf dem Weg zu uns, hatten sie eine ältere Dame in unserer Straße besucht, die eine Freundin meiner Großeltern ist. Und dieser Dame hatte mein Onkel ebenfalls einen schwedischen Kalender mitgebracht. Da beide gleich verpackt waren, wurden sie dadurch wohl unbeabsichtigt vertauscht. Nur in diesem Kalender waren keine schwedischen Landschaften, sondern schöne Frauen, die nichts oder nur einen Stringtanga trugen, abgebildet. Ein großes allgemeines Lachen setzte ein. Wie wird die Dame wohl geschaut haben, als sie das Geschenk öffnete? Meinem Onkel war das jedoch sehr peinlich. Der Gang am nächsten Tag zu der Dame um die Geschenke zu tauschen, fiel ihm nicht leicht.

Der 21. Dezember:

Ein Engel Namens Lotta von Kerstin Schreiber

Lotta packte schnell ihre Sporttasche zusammen. Die Weihnachtsfeier von ihrem Handballverein war super gewesen. Das neue Mädchen, eine gewisse Ronja, gab dem Ganzen leider einen bitteren Beigeschmack. Dieses Mädchen war ungepflegt und einfach nur bösartig. Trotzdem hatten alle eine Menge Spaß gehabt. Das verkürzte doch die Warterei auf Weihnachten. Zuhause würden nun alle bereits auf sie warten und Weihnachten konnte beginnen. Glücklich rannte die 11jährige Lotta ins Wohnzimmer, hier saßen bereits Mama, Papa, Oma und Opa am Weihnachtsbaum. Lotta stürmte auf sie zu und freute sich unbändig. Ihre Eltern hatten sich wieder selber übertroffen. Wunderschöne Weihnachtskugeln schmückten den Weihnachtsbaum, der in seinem ganzen Lichterglanz erstrahlte. Selbst die kleinen selbstgemachten Wichtel hatte Mama wieder in den Baum gehängt. Jetzt erst sah Lotta die ernsten Gesichter. Und Mama hatte sogar geweint. Lotta wurde richtig bang um ihr kleines Herz, was war nur geschehen? Papa zog Lotta auf seinen Schoß und erklärte ihr: „Lotta, du bist unser Ein und Alles. Du bist unser Leben, wir lieben dich, mein Kind!" Mama schluchzte herzzerreißend. Papa sprach nun weiter: „Lotta, du musst wissen, wir konnten keine eigenen Kinder haben, deine Mama und ich. So hatten wir uns entschieden, ein Kind zu adoptieren. Du kamst als kleines Baby zu uns und wir liebten dich vom ersten Tag an, wie unsere eigene Tochter. So ein Quatsch, du bist unsere Tochter!" Lotta schaute ihre Eltern und Großeltern aus großen Augen an und schluckte schwer. Die Eltern von Lotta wussten bereits seit einer geraumen Zeit, dass Lottas leibliche Eltern in die Nähe gezogen waren und nun einen Anspruch auf Lotta stellten. Da Lotta aber offiziell adoptiert worden war, hatten sie keinerlei Rechte. Die Entscheidung, ob Lotta diese nun kennenlernen wollte, lag allein bei ihr, so hatten ihre Eltern und das Jugendamt entschieden. Es klingelte an der Haustüre. „Das werden sie sein", seufzte die Mutter leise. Lotta sprang auf und lief zur Türe. Vor der Türe standen drei Menschen. Lotta machte erschrocken einen Schritt zurück. Ein sehr ungepflegt wirkender, großer, grobschlächtiger Mann und eine ebenso wirkende Frau. Und zu allem Überfluss stand da auch noch die freche Ronja von heute Nachmittag. Es handelte sich um ihre leiblichen Eltern mit ihrer Schwester Ronja, wie sie erfuhr. Mama legte ihr die Hand auf die Schulter. Das fühlte sich so gut an. Die kleine Lotta sagte nun mit fester Stimme an die ihr fremden Menschen gewandt: „Ich wünsche Ihnen allen eine Frohe Weihnacht. Ich feiere jetzt mit meiner Familie Weihnachten, so schön, wie jedes Jahr." Mit Schwung schloss sie die Türe und schmiss sich in die Arme ihrer Eltern. Alle weinten vor Freude und Glück.

Hier war alles so mit Liebe gefüllt. Hier war eine Familie, die für immer zueinander gehörte. Abends schlief Lotta selig wie ein Engel zwischen ihren Eltern ein.

Der 22. Dezember:

Christrose von Kerstin Schreiber

Nun stand schon wieder das Weihnachtsfest vor der Türe. Das war mein zweites Jahr in der Großstadt. Ich hatte mein Leben lang in einem kleinen Dorf in Norddeutschland gelebt. Ich war glücklich dort, denn ich bin eine sozusagende Landpomeranze, so sagte man in der Stadt. Nach dem plötzlichen Tod meines Mannes bin ich in die Großstadt gezogen, um dem dörflichen Mitleid und Gerede aus dem Weg zu gehen. Im vergangenen Jahr hatte ich das Weihnachtsfest in meinem Bett verbracht, wie ein verängstigtes Kind zog ich mir die Decke über den Kopf und hatte die Festtage so ausgeharrt. Ich arbeitete nun in der Großstadt, zog mich aber von allem zurück, denn hier war alles so anders. Große Wohnblöcke, Anonymität, keiner kümmerte sich um den anderen, jeder hetzte durch sein eigenes Leben. Das war es, was ich nach meinem Schicksalsschlag gesucht hatte, doch glücklich machte es mich nicht. Gestern besuchte ich eine Parfümerie, hier duftete alles so toll. Verdrossen verließ ich jedoch den Laden. Aus einer Laune heraus kaufte ich einen kleinen Weihnachtsbaum. Jedoch stand dieser auch noch am Heiligabend trostlos in der Ecke meines Wohnzimmers. Am Morgen des Heiligabends las ich in der Zeitung, dass die meisten Selbstmorde an Heiligabend passieren – aus Einsamkeit. Nein, soweit sollte es nicht kommen. Ich zog mich an und ging in die Parfümerie von gestern und ließ mich beraten und erstand ein toll riechendes Parfum. Ich ließ es verpacken und sagte der Verkäuferin: „Das schenke ich mir selber zu Weihnachten." Die Verkäuferin ging kurz nach hinten und kam mit einer Flasche Wein und einem Badezusatz zurück, „Das ist für unsere Stammkunden. Ich wünsche Ihnen frohe Weihnachten." Dabei zwinkerte sie mir freundlich zu, denn ich hatte noch nie etwas in dem Geschäft gekauft. Ich freute mich. Nun besorgte ich beim Schlachter noch Würstchen und Kartoffelsalat. „Das gab es immer an Heiligabend bei uns Zuhause", teilte ich dem Schlachter mit. Er schenkte mir eine kleine Tüte mit Weihnachtsgebäck und wünschte mir frohe Weihnachten. Schon wieder ein Geschenk und mittlerweile zwei ehrlich gemeinte Weihnachtsgrüße. Das war so schön. Zuhause angekommen packte ich meine Schätze aus. Um 18.00 Uhr fand früher bei uns Zuhause immer die Bescherung statt. Ich erschrak, es war bereits 17.30 Uhr und der Weihnachtsbaum stand immer noch traurig in der Ecke. Kurzerhand schnappte ich den Baum, ging hinunter auf die Straße und stellte den Baum neben das Treppengeländer am Eingang. Ich schmückte ihn mit Strohsternen und Lametta und auch eine Lichterkette erhielt der kleine Baum. Es begann zu schneien, leise rieselten die Flöckchen auf meinen Weihnachtsbaum. Wie schön. Plötzlich vernahm ich ein Räuspern hinter mir. Ich drehte mich um und blickte in die warmen Augen eines Mannes. „Hallo, ich heiße Alexander und wohne gegenüber. Wunderschöne Idee mit dem Weihnachtsbaum.", sagte der Mann mit sanfter Stimme. „Ich bin Rose." Plötzlich gingen die Türen der Nachbarhäuser auf und Menschen strömten auf die Straße. Ältere Menschen, die auch alleine waren, aber auch ein paar junge Familien mit Kindern erschienen. Wir alle wünschten uns eine frohe Weihnacht. Mittlerweile standen wir alle im Hausflur des Hauses, in welchem ich wohnte. Wir betrachteten den Weihnachtsbaum, den fallenden Schnee, sangen Weihnachtslieder zusammen und unterhielten uns. Später ging jeder in seine eigene Wohnung zurück, außer Alexander und ich, wir gingen gemeinsam in meine Wohnung und aßen den Kartoffelsalat mit Würstchen und tranken dazu den leckeren Wein. Aus einem vorab trostlos wirkenden Weihnachtsfest ist das schönste Weihnachtsfest meines Lebens entstanden. Ich hatte sogar Freunde gefunden und saß nun mit einem ganz besonderen Menschen beisammen. Spät am Abend nimmt Alexander mich in den Arm und sagt zärtlich, „Rose, du bist etwas ganz Besonderes. Du bist meine ganz persönliche Christ-Rose."

Der 23. Dezember:

Der riesengroße Schneemann, Verfasser unbekannt

Kurz vor Weihnachten entdeckten Hans und Liese im Schaufenster des Spielzeugladens von Fräulein Holzapfel am Karolienenplatz eine bildhübsche Puppe mit echten Haaren und Schlafaugen und ein wunderschönes Segelschiff. Sie waren so begeistert davon, dass sie sofort nach Hause rannten und einen neuen Wunschzettel für das Christkind schrieben, mit dem Text: „Die Puppenküche und die Eisenbahn, die wir uns gewünscht haben, wollen wir nicht mehr haben. Wir wollen die Puppe und das Segelschiff aus dem Schaufenster von Fräulein Holzapfel!" Sie legten den Wunschzettel wie den ersten aufs Fenstersims und beschwerten ihn mit einem Stein, damit der Wind ihn nicht wegblasen konnte.

Am nächsten Tag fiel ihnen dann etwas Schreckliches ein. Möglicherweise verkaufte Fräulein Holzapfel die Puppe und das Segelschiff schon heute oder morgen an andere Leute, und wenn das Christkind zu ihr zum Einkaufen kam, waren nur noch andere Spielsachen zu haben?! – Zehn Minuten später standen sie heftig schnaufend vor Fräulein Holzapfel im Spielzeugladen. „Wir möchten Sie fragen, ob Sie nicht die Puppe und das Segelschiff für das Christkind zurücklegen wollen!", sagte Liese. „Wir haben die Sachen nämlich auf unseren Wunschzettel geschrieben!"

„Ach!", seufzte Fräulein Holzapfel. „Ich fürchte, das Christkind kommt in diesem Jahr überhaupt nicht zu mir zum Einkaufen! Es kauft ja so gut wie niemand etwas bei mir. Alle Leute gehen in die großen Kaufhäuser in der Stadt!"

Für Hans und Liese war das eine böse Überraschung. Mit langen Gesichtern verließen sie den Laden. „Man müsste halt dafür sorgen, dass das Christkind hierher kommt!", meinte Hans schließlich. Liese nickte: „Ja, aber wie?" Ihr fiel nichts ein. Auch Hans fiel nichts ein. So gingen sie niedergeschlagen nach Hause.

In der folgenden Nacht träumte dann Liese von einem riesengroßen Schneemann; der spazierte durch die Stadt, und alle Leute drehten sich nach ihm um. Da wusste Liese am nächsten Morgen, wie man dafür sorgen konnte, dass das Christkind zu Fräulein Holzapfel kam. Schon vormittags machte sie sich mit Hans daran, vor dem Spielzeugladen einen Schneemann zu bauen. Als der aber fertig dastand, war Liese nicht zufrieden mit ihm. Sie sagte: „Er ist viel zu klein, als dass das Christkind Lust kriegen könnte, ihn anzugucken! Er muss noch viel größer werden!"

Liese lieh sich deshalb von Fräulein Holzapfel einen Stuhl, damit sie an dem Schneemann höher hinaufreichte. Eine Viertelstunde später kamen dann zufällig drei Anstreicherlehrlinge mit einer Leiter vorbei. Als die hörten, um was es ging, halfen sie tüchtig mit. Da war der Schneemann schon bald vier Meter hoch. Doch in

Lieses Augen war er immer noch zu klein. „Er muss noch größer werden!", sagte sie.

Mittlerweile hatten sich auch eine Schar Buben und einige Männer eingefunden und halfen mit, den großen Schneemann zu bauen. Einer von den Männern war mit dem Hauptmann der städtischen Feuerwehr befreundet; mit dem telefonierte er jetzt vom nächsten Telefonhäuschen aus. Da kam wenig später mit lautem „Tatütata!" ein großes rotes Feuerwehrauto angesaust. Die Feuerwehrmänner fuhren die lange, lange Leiter aus und halfen nun ebenfalls beim Bau des Schneemannes mit.

Da stand zwei Stunden später vor dem Schaufenster von Fräulein Holzapfel ein wunderschöner Schneemann; der war fast zehn Meter hoch. Er trug als Hut eine umgestülpte Waschbütte auf dem Kopf, als Augen hatte er zwei Briketts und als Nase hatte er eine große Zuckerrübe im Gesicht. Einen so riesengroßen, herrlichen Schneemann hatte man bis dahin noch nie in der Stadt gesehen. Im Nu war der Karolienenplatz schwarz vor lauter Menschen, die ihn sich anguckten. Und jeden Tag kamen andere Leute und sahen sich den Schneemann an. Und weil sie nun schon einmal da waren, gingen viele in den Spielzeugladen von Fräulein Holzapfel hinein und kauften Weihnachtsgeschenke. Offensichtlich ließ sich auch das Christkind von dem riesengroßen Schneemann anlocken und kaufte bei Fräulein Holzapfel ein. Am Heiligen Abend war der Spielzeugladen jedenfalls restlos ausverkauft! Alle Regale waren leer!

Hans und Liese aber fanden an diesem Heiligen Abend unterm Weihnachtsbaum nicht nur die gewünschte Puppe und das Segelschiff, sondern auch die Puppenküche und die Eisenbahn, die sie auf den ersten Wunschzettel geschrieben hatten. Da waren sie ganz fassungslos; sie dachten sich: „So brav, dass wir das verdient hätten, sind wir ja nun wirklich nicht gewesen!"
Dass ihnen nicht das Christkind, sondern Fräulein Holzapfel die Puppe und das Segelschiff geschenkt hatte, aus Dankbarkeit für ihre Hilfe, haben Hans und Liese nie erfahren. Bis heute nicht.

Der 24. Dezember:
Annika´s Weihnachtsmärchen von Kerstin Schreiber

Annika lag noch in ihrem Bett und schlummerte vor sich hin. Heute hatte sie schulfrei. Sie besuchte die zweite Klasse der örtlichen Grundschule. Sie hörte ihre Eltern in der Küche streiten. Sie wusste, wie es aussah. Zu oft hatte sie es mitbekommen. Sie presste ihre kleinen Hände auf die Ohren, denn sie wollte nichts davon hören. Die Mutter würde weinend am Küchentisch sitzen. Der Vater würde sauer sein und das Haus verlassen. So war es immer, wenn ihre Eltern Streit hatten. Der Vater beschuldigte die Mutter, dass sie zu viel kaufen würde. Die kleine Familie hatte derzeit nicht viel Geld, denn der Vater war schon lange arbeitslos und die Mutter hielt die Familie mit ihrem kleinen Putzjob über Wasser. Annika weinte und war wieder einmal sehr unglücklich. Als Annika am Montag bei ihren Schularbeiten saß, überlegte sie lange. Heute bestand die Hausaufgabe darin, einen Brief an den Weihnachtsmann zu schreiben. Sie hatten von der Lehrerin eine Adresse bekommen, nämlich die richtige Adresse vom Weihnachtsmann. Jeder Brief würde hier beantwortet werden. Doch was schrieb man einem Weihnachtsmann? Dann kam Annika eine Idee. Ganz zuletzt schrieb das Mädchen die Adresse auf den Umschlag.

An den Weihnachtsmann
Weihnachtspostfiliale
16798 Himmelpfort

Nachmittags ging sie mit der Mutter zum Einkaufen
in das nahegelegene Einkaufszentrum. Hier würde sie
einen Postkasten finden. Schnell nahm Annika sich eine
Briefmarke vom Schreibtisch der Eltern, denn der Brief
musste frankiert sein, so hatte die Lehrerin gesagt. Sie
mussten zum Einkaufszentrum laufen, da sie kein Geld
für den Bus ausgeben konnten. Es hatte geschneit und
war sehr kalt. Durchgefroren kamen sie am Ziel an. Annika wollte gerade zum Postkasten laufen, als sie ihn
sah. Den Weihnachtsmann. Da stand wirklich der
Weihnachtsmann mitten im Einkaufszentrum. Die Kleine ging zu ihm hin. Viele Kinder standen um ihn herum.
Annika sagte: „ Ich habe dir einen Brief geschrieben,
lieber Weihnachtsmann. Ich gebe ihn dir gleich mit, so
brauche ich ihn dir nicht per Post zu schicken." Der
Weihnachtsmann nahm den Brief, steckte ihn in seine
Tasche und strich dem Mädchen gütig über das Haar,
bevor er sich dem nächsten Kind zuwandte. Was jedoch
weder die Mutter, noch Annika erkannt hatten, war,
dass unter dem Weihnachtskostüm Annikas Vater steckte. Diesen Job hatte er vom Arbeitsamt für die Vor-
weihnachtszeit erhalten. Die Verkleidung war also sehr
gut. Die Adventszeit war in diesem Jahr keine schöne
Zeit für die Familie. Die Eltern stritten nicht mehr, sondern sie gingen sich einfach nur aus dem Weg. Keiner-

lei gemeinsame Unternehmungen fielen mehr an. Einmal war sogar das Wort Scheidung gefallen. Annika bekam Angst. Sie wusste, was das war. Bei einigen ihrer Mitschüler waren die Eltern getrennt. Und sie wollte nicht, dass ihre Eltern sich trennten. So liebte sie doch beide. Der Vater arbeitete von morgens bis abends im Einkaufszentrum und kam immer ganz müde nach Hause. Die Briefe der Kinder, es waren einige, hatte er einfach in seinen Spind auf der Arbeit gelegt. Am Morgen des Heiligabends war sein letzter Arbeitstag. Er wollte die Briefe gerade der Geschäftsleitung übergeben, als er sich an den Brief seiner Tochter erinnerte. Er setzte sich hin und las den Brief. In feinster Kinderschrift hatte Annika folgendes geschrieben:

„Lieber Weihnachtsmann!

Ich wünsche mir in diesem Jahr keine Geschenke. Auch nicht das große Einhorn, welches ich immer im Spielzeugladen anschaue. Ich wünsche mir nur, dass wir eine Familie bleiben. Das Papa und Mama nicht mehr streiten. Ich habe sie doch beide so sehr lieb. Meine Mama soll nicht mehr weinen. Und bitte gebe meinem Vater wieder eine Arbeit. Mehr wünsche ich mir nicht. Deine Annika.“

Der Vater hatte Tränen in den Augen. Mit den anderen Briefen ging er zur Geschäftsleitung. Er übergab diese und das abgelegte Kostüm seinem Chef. Dieser übergab ihm die Lohnabrechnung und einen Gutschein, mit diesem durfte er sich noch schnell etwas vor Geschäftsschluss aus dem Laden holen, weil doch Weihnachten sei. Auch unterbreitete der Chef ihm ein Angebot. Er hatte als Weihnachtsmann so gut gearbeitet und sei so wachsam gewesen, dass er einige Diebstähle verhindern konnte, dass sie ihn im neuen Jahr, nach der notwendigen Einarbeitung, im Wachschutz des Einkaufszentrums einstellen wollten. Annika spielte in ihrem Zimmer, als der Vater nach Hause kam. Die Mutter deckte gerade den Tisch für das Weihnachtsessen. Es gab Würstchen und Kartoffelsalat. Der kleine künstliche Weihnachtsbaum erstrahlte in seinem Licht. Der Vater gab der Mutter die Lohnabrechnung und den Arbeitsvertrag. Sie staunte nicht schlecht. Deshalb war ihr Mann immer den ganzen Tag unterwegs gewesen. Er schaute seine Frau an und bat sie um einen Neuanfang. Nun sollte alles besser werden. Die Eltern umarmten sich. Annika kam in die Küche gestürmt. Alle ihre Mitschüler hatten eine Antwort vom Weihnachtsmann bekommen, nur sie nicht. Aber nun war sie nicht mehr traurig darüber, so hatte der Weihnachtsmann ihr doch alle ihre Wünsche erfüllt. Der Vater legte ein großes Paket vor Annika hin und teilte der Kleinen mit: „Das hier hat der Weihnachtsmann für dich abgegeben. Schau schnell nach, Annika." Annikas Augen leuchteten, als sie nun das große Kuscheltier auspackte. Es war das Einhorn, welches sie immer im Einkaufszentrum angehimmelt hatte. So wurde dieses Weihnachtsfest zum schönsten Fest, was Annika und ihre Eltern je erlebt hatten.

Weihnachts-Schneekugeln

Rezept:

Leckere Schneebällchen für die ganze Familie.

Zutaten:

2 Becher Sahne, 2 Päckchen Sahnesteif, 250 g Quark, 150 g Creme fraiche, 50 g Zucker, 1 Päckchen Vanillezucker, 1 Biskuitboden, 1 Tüte Kokosraspeln.

Zubereitung:

Die Sahne steif schlagen, Sahnesteif untermengen. Restliche Zutaten dazu mischen. Biskuit zerbröseln und ebenfalls unter die Creme mischen. Aus dieser Masse kleine „Schneebälle" formen. Diese in den Kokosraspeln wälzen.

Ein kleiner Baumwollfaden – Autor unbekannt

Es war einmal ein kleiner weißer Baumwollfaden, der hatte ganz viel Angst, dass er so wie er war, zu nichts nutze sei. Ganz verzweifelt dachte er immer wieder: „Ich bin nicht gut genug, ich tauge zu nichts. Für einen Pullover bin ich viel zu kurz. Selbst für einen winzig kleinen Puppenpullover tauge ich nichts! Für ein Schiffstau bin ich viel zu schwach. Nicht einmal ein Hüpfseil kann ich aus mir machen lassen! Mich an andere kräftige, dicke, lange Fäden anknüpfen, kann ich nicht, die lachen doch sowieso über mich. Für eine Stickerei eigne ich mich auch nicht, dazu bin ich zu blass und zu farblos. Ja, wenn ich aus Goldgarn wäre, dann könnte ich eine Stola verzieren oder ein Kleid… Aber so?! Ich bin zu gar nichts nütze. Was kann ich schon? Niemand braucht mich. Keiner beachtet mich. Es mag mich sowieso niemand."

So sprach der kleine weiße Baumwollfaden mit sich – Tag für Tag. Er zog sich ganz zurück, hörte sich traurige Musik an und weinte viel. Er gab sich ganz seinem Selbstmitleid hin.

Eines Tages klopfte seine neue Nachbarin an der Tür: ein kleines weißes Klümpchen Wachs. Das Wachsklümpchen wollte sich bei dem Baumwollfaden vorstellen. Als es sah, wie traurig der kleine weiße Baumwollfaden war und sich den Grund dafür erzählen ließ, sagte es: „Lass dich doch nicht so hängen, du schöner, kleiner, weißer Baumwollfaden. Mir kommt da so eine Idee: wir beide sollten uns zusammentun! Für eine Kerze am Weihnachtsbaum bin ich zu wenig Wachs und du als Docht zu klein, doch für ein Teelicht reicht es allemal. Es ist doch viel besser, ein kleines Licht anzuzünden, als immer nur über die Dunkelheit zu klagen!"

Da war der kleine weiße Baumwollfaden ganz glücklich und tat sich mit dem kleinen weißen Klümpchen Wachs zusammen und sagte: „Endlich hat mein Dasein einen Sinn."

Wer weiß, vielleicht gibt es in der Welt noch viele kleine weiße Baumwollfäden und viele kleine weiße Wachsklümpchen, die sich zusammentun könnten, um die Welt zu beleuchten?!

1. Weihnachtstag:

Tom und Tomke von Frauke Sattler

Oje… der Weihnachtsmann hatte ein Problem… ein riesiges Problem. Es war der 22. Dezember, zwei Tage vor Weihnachten. Der Schlitten war mit vielen kleinen und großen Geschenken beladen.
„Wo treibt sich Tom nur herum, er weiß doch, das er uns helfen muss, die letzten Pakete sicher auf den Schlitten zu verstauen. Rudolph, hast du ihn heute schon gesehen?" Rudolf wirkte müde, seine Bewegungen waren langsam. Er war nicht mehr der Jüngste und war froh, dass der Weihnachtsmann einen Lehrling in diesem Jahr gefunden hatte, der gut zu ihnen passte. Tom lernte sehr schnell, war nett, freundlich und hilfsbereit. Das Fliegen, das für Renntiere nicht üblich war, hatte er in sehr kurzer Zeit erlernt. Man merkte ihm an, dass er Spaß daran hatte. Für ihn war es das erste Jahr, den Kindern Geschenke zu bringen. „Nein, ich habe ihn auch gestern nicht gesehen.", erwiderte Rudolph müde. „Du, Weihnachtsmann, ich glaube, ich bekomme eine Grippe, ich fühle mich total schlapp."
„Ooooh nein, nicht noch das. Tom nicht da und du eine Grippe. Wie sollen dann die Kinder ihre Geschenke bekommen?", der Weihnachtsmann war ratlos.
„Bssssssssss...Wir sind doch auch noch da. Wir helfen dir, lieber Weihnachtsmann, die Geschenke zu verteilen." Über dem Schlitten und dem Weihnachtsmann

flogen kreisend die drei kleinen zarten Feen Lillebell, Mirabell und Annabell.

„Das finde ich ja ganz lieb von euch, aber glaubt ihr nicht, dass der Schlitten zu schwer für euch ist? Rudolph schafft es nicht einmal den Schlitten alleine zu ziehen."

„Na ja, wir sind zu dritt", meinte Mirabell kess. „Wenn es nur nicht so kalt wäre.", stöhnte Annabell und zitterte am ganzen Körper."

„Stell dich nicht so an. Wenn wir den Schlitten ziehen wird dir schon warm.", zischte Lillebell Annabell an und schnappte sich die Zügel. „ Los, worauf wartet ihr noch Annabell und Mirabell."

„ O.k.!", hauchte Annabell. Alle drei nahmen einen Zügel von dem Geschirr und banden es um ihren Bauch.

„Ich zähle nun bis drei und dann fahren wir gemeinsam los. Eins, zwei, drei und los.", schrie Lillebell. Die drei Feen zogen so stark sie konnten, aber der Schlitten rührte sich nicht, nicht einen Zentimeter von der Stelle.

„Und noch einmal.", feuerte Lillebell die beiden anderen Feen an. Nein, der Schlitten rührte sich nicht von der Stelle. Von dem Lärm der Feen wurden die drei Trolle Öre, Flöre und Schnörre aus ihrer Erdwohnung gelockt. „Was ist denn hier los? Wer macht denn so einen Krach?", knurrte Schnörre.

Als er aber die Feen entdeckte wurde er ganz rot im Gesicht. Die drei Trolle waren heimlich in die drei Feen verliebt. Öre in Annabell, Flöre in Lillebell und Schnörre in Mirabell . Öre druckste: „Können wir euch helfen?" Seine Stimme klang nun hoch und sanft. Schnörre rief erschrocken: „Mirabell, du hast ja nur das dünne Kleidchen von der Waldspinne an, du wirst dich erkälten."

„Na ja, im Moment ist mir warm vom Ziehen, aber du hast recht, die Waldspinne Artitü hat so viele Aufträge. Sie und Ihre Näherinnen arbeiten Tag und Nacht. Wir haben unsere Mäntel zu spät bestellt und die alten Mäntel haben wir im Frühjahr in die Altkleider-Feensammlung gegeben. Das war ein Fehler, nun frieren wir."

„Oh, ich habe eine Idee.", triumphierte Öre. „ Kommt mit Flöre und Schnörre." Schnell verschwanden sie in ihrem Erdloch. Nach einer Weile kamen sie mit drei kleinen, gefilzten, roten Capes wieder herauf. Flöres Gesicht hatte fast die gleiche Farbe wie die der roten Capes. „Hier, die sind für euch, wir brauchen sie im Moment nicht.", flunkerte Öre. „Wenn Artitü eure Capes fertig genäht hat, könnt ihr sie uns zurückgeben." Die drei Feen waren ganz aufgeregt. Schnell schlüpften sie in die Capes. Sie passten wie angegossen.

„Danke, das ist wirklich sehr, sehr nett von euch.", sagte Lillebell zu den drei Trollen und hauchte Öre einen Feenkuss auf die stoppelige Trollwange.

Die drei Feen flogen übermütig mit ihren kleinen roten Capes durch die Luft und vergaßen dabei fast den

Weihnachtsmann mit seinem Problem. Nach einer Weile setzten sie sich zu dem Weihnachtsmann.
„Mmmm, was machen wir denn nun?", fragte Lillebell in die Runde.
Eisernes Schweigen. Keiner wusste Rat, die Feen nicht, die Trolle nicht, Rudolph nicht und auch der Weihnachtsmann nicht.
Plötzlich hörten sie hinter sich eine Stimme: „Wir müssen herausbekommen wo Tom steckt." Artitü, die Waldspinne hatte sich zu ihnen gesellt, sie brauchte eine kleine Pause von der Näherei und wollte ein wenig frische Luft schnappen. Dabei hatte sie zufällig, das Gespräch, über das große Problem, mitangehört.
„Na toll, wie sollen wir den finden?", maulte Mirabell. „Die Erde ist ja sooo klein, also kein Problem ihn zu finden."
„Oh, du nun wieder, sei nicht immer so negativ. Ein bisschen nachdenken müssen wir schon, bevor wir ihn suchen gehen. Aber das ist ja nicht immer deine Stärke oder Mirabell?", fragte Artitü spitz.
„Aha", antwortet Mirabell. Die beiden sind nicht die besten Freundinnen. Mirabell nahm es Artitü übel, dass ihre Capes nicht fertig geworden waren. Mirabell sollte die Capes für die drei bestellen und war dafür verantwortlich, dass sie nun frieren.
Der Weihnachtsmann schaltete sich in das Gespräch ein: „Das ist eine gute Idee. Womit hat Tom sich in den letzten Tagen beschäftigt?"

„Tom, ja Tom hat nur noch an Tomke gedacht. Ich habe noch nie so ein verliebtes Rentier gesehen.", gab Rudolph zum Besten.

„Tomke? Wer ist Tomke.", fragte Lillebell

„Ooooooh, das ist ein lange Geschichte.", antwortete der Weihnachtsmann.

„Erzähl, erzähl!", quietschte Lillebell aufgeregt und rutschte auf ihrem Stein hin und her.

„Oh, toll eine Liebesgeschichte, ich liebe Liebesgeschichten."

„In unserem Herbsturlaub, im Oktober, waren Rudolph, Tom und ich in Dänemark am Limfjord. Wir haben dort in einem alten, großen mit Reet gedecktem Bauernhof gewohnt. Wir wollten vor dem Weihnachtstress noch ein paar Tage entspannen, gut essen und spazieren gehen. An einem Morgen, als wir am Strand außergewöhnliche Steine suchten, sah Tom das erste Mal, das Rentiermädchen Tomke. Es war bei beiden Liebe auf dem ersten Blick. Von dem Tag an, waren sie unzertrennlich. Stundenlang gingen sie bei Regen und Sturm am Strand oder im Wald spazieren. Der Abschied am letzten Urlaubtag fiel den Beiden schwer. Tomke weinte sehr und Tom versprach gleich nach Weihnachten Tomke zu besuchen."

„Oh, wie schön!", schwärmte Lillebell, „Eine richtige Liebesgeschichte, wie ich das liebe."

Lillebells Blick fiel auf Flöre. Er nutzte die Gelegenheit und reichte ihr mit roten Wangen ein Blümchen aus sei-

118

nem Haar. Er hatte immer Blumen im Haar, auch im Winter. „Danke", hauchte Lillebell, Flöres Herz schlug gleich schneller. Ob sie es merkte, dass er sie sehr mochte?

„ Ich kann mir vorstellen dass Tom zu Tomke an den Limfjord geflogen ist. Wir müssen dorthin und ihn suchen.", überlegte Annabell.
„Das kann sein, so verliebt wie Tom ist. Aber wir haben nicht mehr viel Zeit, auch wenn wir fliegen, werden wir es nicht bis zum Vierundzwanzigsten schaffen. Ich weiß nicht, wie ich es den Kindern sagen soll, dass es in diesem Jahr keine Geschenke geben wird. Sie werden es nicht verstehen und glauben, dass sie nicht artig genug gewesen sind." Der Weihnachtsmann schüttelte traurig mit dem Kopf und ließ sich schwerfällig in seinen Schaukelstuhl plumpsen.
„Ich habe einen Freund, der wohnt am Limfjord, ich kann ihn antrollen. Er kann mit seinen Brüdern, Freunden und Nachbarn nach Tom suchen. Weihnachtsmann weißt du noch wie der Ort heißt?", Öre sprang vor Aufregung von einem Stein zum anderen und zurück.
„Die Stadt am Limfjord heißt Thistedt und der Hof in dem wir gelebt haben, gehört Sören Dethlefsen, er ist dort der Tierarzt. Jeder im Ort kennt ihn."
„Thistedt, da wohnt meine Tante, sie hat mir schon viel von Sören dem Tierarzt erzählt. Wie gut er mit den Tieren umgehen kann und sie heilt, ich wusste nicht, dass

der Ort am Limfjord liegt.", sagte Lillebell. Sie, die immer sachlich und ernst blieb, sprang von einem Feenbein auf das andere Feenbein und schlug mit ihren Flügeln wild um sich. Schnörre und Flöre gingen in die Hocke um nicht von ihren Flügeln getroffen zu werden. Bei den letzten Worten war Lillebell schon in der Luft und flog zur alten, dicken Eiche, in der ihre Feenwohnungen lagen.

Ganz leise konnten sie noch Lillebells Stimme hören. „Ich werde gleich meine Tante in Thistedt anfeen. Ich bin mir sicher, Tom wird gefunden."

Am Limfjord lief nach wenigen Minuten eine der größten je in Dänemark stattgefundenen, Suchaktionen, an. Alle Feen und Trolle am Limfjord waren aufgefordert nach Tom und Tomke zu suchen. Im Wald, am Strand und auf allen Bauernhöfen wurde gesucht, überall flogen Feen und es rannten Trolle suchend mit klappernden Holzschuhen durch die Gegend. Aber, von Tom und Tomke war nichts zu sehen.

„Habt ihr wirklich überall gesucht, sie können doch nicht verschwunden sein. Habt ihr schon mit Sören dem Tierarzt gesprochen?", Öre trollte verzweifelnd mit seinem Freund Nöre in Dänemark.

„Wirklich, wir suchen überall. Mit Sören habe ich noch nicht gesprochen. Er wird zu einem Bauern gerufen worden sein, eine seiner Kühe bekommt Zwillinge und es gibt Probleme, er muss helfen.", trollte Nöre ins Telefon zurück.

Es fing an zu Schneien. Große, weiße Flocken fielen tanzend vom Himmel und blieben wie Puderzucker auf dem Boden liegen. Wie schön, nach so vielen Jahren gab es endlich wieder einmal weiße Weihnachten.

Und das alles ohne Geschenke für die Kinder.

Oh nein wie traurig, das durfte nicht sein. Sie mussten Tom und Tomke dringend finden.

Nöre klapperte knirschend mit seinen Holzschuhen auf dem Kiesweg zu Sörens Haus.

„Mmm, wie das duftet.", der Duft zog direkt in Nöres Nase. In dem Haus wurden die letzten Kekse für das Weihnachtsfest gebacken. Es roch nach Zimt, Vanille und Nelken. Nöre hätte gerne genascht und gewartet bis die Kekse aus dem Ofen kämen. Aber, nein, er musste weitersuchen. Es wurde langsam dunkel und es war der 23. Dezember. Nur noch ein paar Stunden, dann musste der Weihnachtsmann die Geschenke zu den Kindern bringen.

Plötzlich hörte Nöre ein Trippeln von Hufen hinter sich. Er drehte sich voller Erwartung um. Sein Herz blieb fast stehen, hinter ihm liefen Tom und Tomke dicht an dicht, total verliebt. Sie hatten nur Augen für sich und bemerkten Nöre überhaupt nicht.

„Bis du wahnsinnig Tom!", schrie Nöre so laut, wie er konnte. „Alle dänischen Trolle und Feen suchen dich."

Nöres Stimme überschlug sich vor Aufregung.

Tom blickte verklärt von Tomke zu Nöre.

„Was schreist du so, wer bist du überhaupt, ich kenn dich nicht, lass uns in Ruhe.", erwiderte
Tom gereizt und blickte wieder verliebt zu Tomke.
„Das glaube ich jetzt nicht. Tom es ist der
23.Dezember. Klickt da etwas bei dir? Tom du hast einen Auftrag, denkst du gar nicht an die Kinder und an den Weihnachtmann?"
Tom blieb abrupt stehen und sah Nöre entsetzt an.
„Was, es ist schon der 23. Dezember, das kann nicht sein. Du musst dich irren. Niemals ist heute der Dreiundzwanzigste! Kann nicht sein.", .murmelte Tom vor sich hin und wurde langsam unsicher.
„Tom, Nöre hat Recht, wir haben in unserer Verliebtheit total die Zeit vergessen." Tomke blickte Tom schuldbewusst an
„Wir müssen sofort aufbrechen, wenn wir uns beeilen sind wir morgen früh um acht Uhr in Kor-va-tun-tu-ri."
Tom kratzte sich mit seinem Huf überlegend am Kopf. „
Ist das die Stadt, in der der Weihnachtsmann wohnt und die Geschenke eingepackt werden?", fragte Tomke.
„Ja, sie liegt in Finnland", erwiderte Tom.
Tomke blickte Tom traurig an: „Wir können nicht zusammen aufbrechen. Tom du hast vergessen, ich kann nicht fliegen!"
Tom stolperte über seine vier Rentierhufe und fiel mit der Nase zuerst in den Schnee. Er schüttelte sich und setzte sich in den kalten Schnee. Er hatte sich zum Glück nicht verletzt. Tomke sah besorgt aus und strich

zärtlich über seinen Rücken. Tomkes Fellsträhne war vor Schreck ganz weiß geworden.

Tomkes Fellsträhne färbte sich immer ganz nach ihren Gefühlen. In der letzten Zeit war sie rosarot, das war die Farbe der Verliebtheit.

Wenn nichts Außergewöhnliches geschah, hatte die Strähne die gleiche Farbe wie ihr Fell.

„Dann musst du dich anstrengen und es sehr schnell lernen, ohne dich gehe ich hier nicht weg."

„Tom, überlege wie lange musstest du üben?" „Ich weiß, ich bin ungerecht, aber wie kommen wir schnell nach Kor-va-tun tu-ri?", Tom blickte verzweifelt Tomke an.

„Du musst alleine fliegen und kommst nach Weihnachten wieder zurück.", versuchte Tomke Tom aufzuheitern. Es gelang ihr nicht wirklich.

Sören war inzwischen von der Geburt der Zwillingskälber zurückgekehrt und hatte das Gespräch mitgehört. „Ich glaube, ich habe eine Idee, wie wir das Problem lösen können."

„Oh, wie denn?", fragte Tom aufgeregt. Tomkes Fellsträhne blinkte nun in allen Farben, sie konnte sich noch nicht für eine Farbe entscheiden, ihre Gefühle überschlugen sich.

„Letztes Jahr habe ich für meine Enkelin Alva Flügel gebaut. Ihre Theatergruppe hatte zu Weihnachten das Märchen von Peter Pan aufgeführt und Alva spielte die

Tinkabell. Dafür brauchte sie die Flügel. Sie liegen oben auf dem Dachboden. Sie passen dir bestimmt Tomke."

Sören war schnell verschwunden um die Flügel zu holen.

„ Bist du sicher, dass ich damit fliegen kann, Tom?", Tomke blickte Tom nicht gerade glücklich an.

„Du setzt dich auf meinen Rücken und hältst dich an meinem Hals fest. Wenn du dann mit den Flügeln schlägst schwebst du und ich ziehe dich mit. Kannst du dann nicht mehr, lässt du dich auf meinen Rücken plumpsen und ruhst dich aus." Tom war überzeugt, dass es so klappte.

Sören kam mit den Flügeln wieder und band sie Tomke mit Gurten auf den Rücken.

Tom musste lachen: „Nun siehst du aus, wie eine Rentierfee, wirklich süß, meine kleine Fee.", neckte Tom Tomke. Sie lachte nicht mit, ihr war nicht nach Lachen zumute. Tomke hatte Angst und ihre Strähne war deshalb schneeweiß, die Farbe der Angst.

Tomke kletterte auf Toms Rücken und umklammerte mit ihren Hufen seinen Hals.

Sie zitterte ein wenig vor Angst.

Tom merkte es und meinte beruhigend: „Tomke du musst keine Angst haben, ich passe gut auf dich auf. Ich habe meinen Flugschein mit Eins und drei Sternchen bestanden."

Tomke lächelte verzerrt: „ Na dann, worauf wartest du noch, flieg los."

„Festhalten!", rief Tom und schwebte schon über Sörens Kopf. „ Juhu, ich kann fliegen", übermütig bewegte Tomke ihre Schulterblätter, dadurch schlugen die Flügel hoch und runter und sie schwebte ganz alleine durch die Luft.

„Sei nicht zu übermütig, sonst zerbrechen die Flügel und du stürzt ab.", ermahnte Tom Tomke. Aber er war froh, dass sie Spaß am Fliegen hatte.

Die Beiden flogen höher und höher in Richtung Finnland. Die Sterne am Himmel funkelten und zeigten ihnen den Weg nach Kor-va-tun-tu-ri. Tom behielt Recht, um fünf Minuten vor acht landeten Tom und Tomke vor der Haustür des Weihnachtsmannes

Der Weihnachtsmann machte Tom keine Vorwürfe.

„Es tut mir leid Weihnachtsmann, dass ich dich und die Kinder vergessen habe. Ich stapele schnell die letzten Pakete auf den Schlitten und dann können wir zu den Kindern fliegen."

„Oh nein, das können wir nicht. Rudolph ist sehr krank. Zu seiner Grippe hat er auch noch eine Lungenentzündung bekommen. Alleine kannst auch du den Schlitten nicht bewegen." Der Weihnachtsmann schüttelte traurig mit dem Kopf.

„Es ist schlimm, dass Rudolph so krank ist. Hoffentlich ist er bald wieder gesund. Aber Weihnachtsmann, ich weiß wer uns helfen kann. Tomke hat in der letzten

Nacht das Fliegen gelernt. Und so lange sie ihre Prü-
fung im Fliegen noch nicht hat, muss sie eben mit den
Hilfsflügeln fliegen", lachte Tom.
Seit diesem Tag waren Tom und Tomke fest angestellte
Gehilfen von Rudolph und dem Weihnachtsmann.

Der 2. Weihnachtstag:

Das kleine Mädchen mit den Schwefelhölzern

von Hans Christian Andersen (1805-1875) wurde von den Küstenautoren für dieses Buch nacherzählt..

Es war entsetzlich kalt. Es schneite, und der Abend dunkelte bereits. Es war der letzte Abend im Jahre, der Silvesterabend. In dieser Kälte und in dieser Finsternis ging auf der Straße ein kleines armes Mädchen ohne Kopfbedeckung und nackten Füßen. Es hatte wohl Pantoffeln angehabt, als es von zu Hause fortging, aber was half das schon! Es waren sehr große Pantoffeln. Die waren früher von seiner Mutter gebraucht worden, so groß waren sie. Diese Pantoffeln hatte die Kleine verloren, als sie über die Straße eilte, während zwei Wagen in rasender Eile vorüberjagten. Der eine Pantoffel war nicht wieder aufzufinden, und mit dem anderen machte sich ein Knabe aus dem Staube, welcher versprach, ihn als Wiege zu benutzen, wenn er einmal Kinder bekäme.

Da ging nun das kleine Mädchen auf den nackten zierlichen Füßchen, die vor Kälte ganz rot und blau waren. In ihrer alten Schürze trug sie eine Menge Schwefelhölzer, und sie hielt ein ganzes Bund in der Hand. Während des ganzen Tages hatte ihr niemand etwas abgekauft, niemand ein Almosen gereicht. Hungrig und frostig schleppte sich die arme Kleine weiter und sah

127

schon ganz verzagt und eingeschüchtert aus. Die Schneeflocken fielen auf ihr langes blondes Haar, das sich schön gelockt über ihren Nacken legte.

Aus allen Fenstern strahlte heller Lichterglanz und über alle Straßen verbreitete sich der Geruch von köstlichem Gänsebraten. Es war ja Silvesterabend, und dieser Gedanke erfüllte alle Sinne des kleinen Mädchens.

In einem Winkel zwischen zwei Häusern kauerte es sich nieder. Seine kleinen Beinchen hatte es unter sich gezogen, aber es fror nur noch mehr. Trotzdem wagte das Mädchen nicht, nach Hause zu gehen, da es noch keine Streichhölzer verkauft und noch keinen Heller erhalten hatte. Es hätte gewiss vom Vater Schläge bekommen, und kalt war es ja auch zu Hause. Sie hatten gerade mal ein Dach über dem Kopf, und der Wind pfiff schneidend hinein, obgleich Stroh und Lumpen in die größten Ritzen gestopft waren.

Ach, wie gut musste ein Schwefelhölzchen tun! Wenn es nur wagen dürfte, eins aus dem Schächtelchen zu nehmen, es gegen die Wand zu streichen und die Finger daran zu wärmen! Endlich zog das Mädchen eines heraus. Und ritsch, da sprühte und brannte es. Das Schwefelholz strahlte eine warme helle Flamme aus, wie ein kleines Licht. Doch es war ein merkwürdiges Licht. Es kam dem kleinen Mädchen vor, als säße es vor einem großen eisernen Ofen. Das Feuer brannte so schön und wärmte so wohltuend! Die Kleine streckte schon die Füße aus, um auch diese zu wärmen, da erlosch die Flamme. Der Ofen verschwand, und das Mädchen hatte nur noch das ausgebrannte schwarze Schwefelholz in der Hand.

Ein neues wurde angestrichen. Es brannte und leuchtete, und plötzlich war die Mauer, auf welche der Schein fiel, durchsichtig wie ein feines Seidentuch. Die Kleine sah geradewegs in die Stube hinein, wo der Tisch mit einem blendend weißen Tischtuch und feinem Porzellan gedeckt war. Darauf dampfte eine gebratene Gans, köstlich mit Pflaumen und Äpfeln gefüllt. Und was noch herrlicher war, die Gans sprang aus der Schüssel und watschelte mit Gabel und Messer im Rücken über den Fußboden auf das arme Mädchen zu. Da erlosch das Schwefelholz, und nur die dicke kalte Mauer war noch zu sehen.

Sie zündete ein neues an. Da saß die Kleine unter dem herrlichsten Weihnachtsbaum. Er war noch größer und reicher ausgeputzt als der, den sie am Heiligabend bei dem reichen Kaufmann durch die Glastür gesehen hatte. Tausende von Lichtern brannten auf den grünen Zweigen, und glitzernde Kugeln funkelten auf sie hernieder. Die Kleine streckte beide Hände nach ihnen in die Höhe, da erlosch das Schwefelholz. Die vielen Weihnachtslichter stiegen höher und höher, und sie sah erst jetzt, dass es die hellen Sterne waren. Einer von ihnen fiel herab und zog einen langen Feuerstreifen über den Himmel.

„Jetzt stirbt jemand", sagte die Kleine leise, denn die alte Großmutter, die allein freundlich zu ihr gewesen war, hatte gesagt: „Wenn ein Stern fällt, steigt eine Seele zu Gott empor!"

Das Mädchen strich wieder ein Schwefelholz gegen die Mauer, und es warf einen weiten Lichtschein ringsumher. In diesem Glanze stand mit einem Male die alte Großmutter hell beleuchtet, mild und freundlich da.

„Großmutter", sprach die Kleine, „oh, nimm mich mit dir! Ich weiß, dass du verschwindest, sobald das Schwefelholz ausgeht. Du verschwindest, wie der warme Kachelofen, der köstliche Gänsebraten und der große flimmernde Weihnachtsbaum!" Schnell strich sie den ganzen Rest der Schwefelhölzer an, die sich noch im Schächtelchen befanden, denn sie wollte die Großmutter festhalten. Die Schwefelhölzer verbreiteten einen solchen Glanz, dass es heller war als am lichten Tag. So schön, so groß war die Großmutter noch nie gewesen. Sie nahm das kleine Mädchen auf ihren Arm, und sie schwebten in Glanz und Freude hoch empor. Kälte, Hunger und Angst wichen von dem Mädchen, sie war bei Gott.

Im Winkel am Hause saß am kalten Morgen ein kleines Mädchen mit roten Wangen und mit Lächeln um den Mund. Es war tot, erfroren am letzten Tage des alten Jahres. Der Morgen des neuen Jahres ging über dem kleinen Mädchen auf, welches mit Schwefelhölzern da saß, wovon fast ein Schächtelchen verbrannt war." Sie hatte sich wärmen wollen.", sagte man. Niemand wusste, was sie Schönes gesehen hatte, und dass sie mit der alten Großmutter in den Himmel eingegangen war.

Und noch eine kleine Geschichte zum Nachdenken.

Die Traurigkeit, Verfasser unbekannt

Es war eine kleine Frau, die den staubigen Feldweg entlang kam. Sie war wohl schon recht alt, doch ihr Gang war leicht, und ihr Lächeln hatte den frischen Glanz eines unbekümmerten Mädchens. Bei der zusammengekauerten Gestalt blieb sie stehen und sah hinunter. Sie konnte nicht viel erkennen. Das Wesen, das da im Staub auf dem Wege saß, schien fast körperlos. Sie erinnerte an eine graue Flanelldecke mit menschlichen Konturen. Die kleine Frau bückte sich ein wenig und fragte: „Wer bist du?" Zwei fast leblose Augen blickten müde auf. „Ich? Ich bin die Traurigkeit.", flüsterte die Stimme stockend und leise, dass sie kaum zu hören war. „Ach, die Traurigkeit!", rief die kleine Frau erfreut aus, als würde sie eine alte Bekannte grüßen. „Du kennst mich?", fragte die Traurigkeit misstrauisch. „Natürlich kenne ich dich! Immer wieder hast du mich ein Stück des Weges begleitet." „Ja, aber...", argwöhnte die Traurigkeit, „warum flüchtest du dann nicht vor mir? Hast du denn keine Angst?" „Warum sollte ich vor dir davonlaufen, meine Liebe? Du weißt doch selbst nur zu gut, dass du jeden Flüchtling einholst. Aber, was ich dich fragen will: Warum siehst du so mutlos aus?" „Ich... bin traurig", antwortete die graue Gestalt mit brüchiger Stimme." Die kleine alte Frau setzte sich zu ihr. „Traurig bist du also.", sagte sie und nickte verständnisvoll mit dem Kopf. „Erzähle mir doch, was dich so bedrückt." Die Traurigkeit seufzte tief. Sollte ihr dieses Mal wirklich jemand zuhören wollen? Wie oft hatte sie sich das schon gewünscht. „Ach, weißt du,", begann sie zögernd und äußerst verwundert, „es ist so, dass mich einfach niemand mag. Es ist nun mal meine Bestimmung, unter die Menschen zu gehen und für eine gewisse Zeit bei ihnen zu verweilen. Aber wenn ich zu ihnen komme, schrecken sie zurück. Sie fürchten sich vor mir und meiden mich wie die Pest." Die Traurigkeit schluckte schwer. „Sie haben Sätze erfunden, mit denen sie mich bannen wollen. Sie sagen: Papperlapapp, das Leben ist heiter. Und ihr falsches Lachen führt zu Magenkrämpfen und Atemnot. Sie sagen: Gelobt sei, was hart macht. Und dann bekommen sie Herzschmerzen. Sie sagen: Man muss sich nur zusammenreißen. Und spüren das Reißen in den Schultern und im Rücken. Sie sagen: Nur Schwächlinge weinen. Und die aufgestauten Tränen sprengen fast ihre Köpfe. Oder aber sie betäuben sich mit Alkohol und Drogen, damit sie mich nicht fühlen müssen." „Oh ja", bestätigte die alte Frau, „solche Menschen sind mir schon oft begegnet." Die Traurigkeit sank noch ein wenig mehr in sich zusammen. „Und dabei will ich den Menschen doch nur helfen. Wenn ich ganz nah bei ihnen bin, können sie sich selbst begegnen. Ich helfe ihnen, ein Nest zu bauen, um ihre Wunden zu pflegen. Wer traurig ist, hat eine besonders dünne Haut. Manches Leid bricht wieder auf, wie eine schlecht verheilte Wunde, und das tut sehr weh. Aber nur, wer die Trauer zulässt und all die ungeweinten Tränen weint, kann seine Wunden wirklich heilen. Doch die Menschen wollen gar nicht, dass ich ihnen dabei helfe. Stattdessen schminken sie sich ein grelles Lachen über ihre Narben. Oder sie legen sich einen dicken Panzer aus Bitterkeit zu." Die Traurigkeit schwieg. Ihr Weinen war erst schwach, dann stärker und schließlich ganz verzweifelt. Die kleine, alte Frau nahm die zusammengesunkene Gestalt tröstend in ihre Arme. Wie weich und sanft sie sich anfühlte, dachte sie und streichelte zärtlich das zitternde Bündel. „Weine nur, Traurigkeit.", flüsterte sie liebevoll, "Ruh dich aus, damit du wieder Kraft sammeln kannst. Du sollst von nun an nicht mehr alleine wandern. Ich werde dich begleiten, damit die Mutlosigkeit nicht noch mehr an Macht gewinnt."

Die Traurigkeit hörte auf zu weinen. Sie richtete sich auf und betrachtete erstaunt ihre neue Gefährtin: „Aber ... aber - wer bist eigentlich du?"

„Ich?" sagte die kleine, alte Frau schmunzelnd, und dann lächelte sie wieder so unbekümmert wie ein kleines Mädchen. „Ich bin die Hoffnung."

Der Tannenbaum von Hans Christian Andersen
(1805-1875) wurde von den Küstenautoren für dieses
Buch nacherzählt..

Draußen im Walde stand ein niedlicher Tannenbaum; er
hatte einen guten Platz, die Sonne konnte zu ihm drin-
gen, Luft war genug da, und rund umher wuchsen viele
größere Kameraden, Tannen und Fichten. Aber der
kleine Tannenbaum wollte immer nur wachsen und
wachsen; er dachte nicht an den warmen Sonnenschein
und die frische Luft, interessierte sich nicht für die Kinder, die dort gingen und plauderten, wenn sie draußen
im Walde umherschwärmten, um Erdbeeren und Him-
beeren zu sammeln. Oftmals kamen sie mit einem ganzen Korb voll oder hatten Erdbeeren auf Strohhalme
gezogen. Dann setzten sie sich neben das Bäumchen
und sagten: „Nein, wie niedlich klein ist der!" Das miss-
fiel dem Baum sehr.
Im nächsten Jahre war er schon um einen langen Schuss
größer, und das Jahr darauf war er wieder noch um einen länger, denn bei einem Tannenbaume kann man,
sobald man zählt, wie oft er einen neuen Trieb angesetzt
hat, genau die Jahre seines Wachstums bestimmen.
„Oh, wäre ich doch ein so großer Baum wie die anderen!" seufzte das Bäumchen. „Dann könnte ich meine
Zweige weit ausbreiten und mit dem Gipfel in die weite
Welt hinausschauen! Dann würden die Vögel ihre Nes-
ter zwischen meinen Zweigen bauen, und wenn es

stürmte, könnte ich so vornehm nicken wie die anderen tun."

Weder der Sonnenschein noch die Vögel oder die roten Wolken, die morgens und abends über ihn hinsegelten, machten ihm Freude. Im Winter, als der Schnee lag, kam öfter ein Hase angesprungen und sprang einfach über das Bäumchen hinweg. Oh, das war empörend! Aber zwei Winter verstrichen, und im dritten war der Baum schon so hoch, dass der Hase um ihn herumlaufen musste. „Oh, wachsen, wachsen, groß und alt werden, das ist doch das einzig Schöne in der Welt!", so dachte der Baum. Im Spätherbst erschienen regelmäßig Holzhauer und fällten einige der größten Bäume.

Das geschah jedes Jahr, und den jungen Tannenbaum, der nun schon tüchtig in die Höhe geschossen war, befiel Zittern und Beben dabei, denn mit Gepolter und Krachen stürzten sie zur Erde, die Zweige wurden ihnen abgehauen, sie sahen nun ganz nackt, lang und schmal aus, sie waren kaum noch wiederzuerkennen. Dann aber wurden sie auf Wagen gelegt, und aus dem Wald transportiert. „Wohin sollten sie? Was stand ihnen bevor?"

Als im Frühjahr die Schwalbe und der Storch kamen, fragte sie der Baum: „Wisst ihr vielleicht, wohin sie gebracht wurden? Seid ihr ihnen nicht begegnet?"

Die Schwalbe wusste nichts. Doch der Storch sah sehr nachdenklich aus, nickte mit dem Kopfe und sagte: „Ja, ich glaube fast, mir begegneten auf meiner Rückreise von Ägypten viele neue Schiffe. Auf denen standen

prächtige Mastbäume. Ich darf wohl behaupten, dass sie es waren, sie verbreiteten nämlich Tannengeruch. Ich kann sie demnächt grüßen, denn sie überragen alles!" „Oh, wäre ich doch auch groß genug, um über das Meer zufahren. Wie ist es eigentlich, dieses Meer, und wem ähnelt es?"
„Ja, das ist etwas weitläufig zu erklären!", sagte der Storch und ging. „Freue dich deiner Jugend!", sagten die Sonnenstrahlen. „Freue dich deines Wachstums, des jungen Lebens, das dich erfüllt!"

Und der Wind küsste den Baum und der Tau weinte Tränen über ihn, allein der Tannenbaum verstand es nicht. In der Weihnachtszeit wurden ganz junge Bäume gefällt, Bäume, die nicht einmal so groß waren, noch in demselben Alter standen wie dieses Tannenbäumchen, das weder Ruh' noch Rast hatte, sondern nur immer weiter wollte. Diese jungen Bäumchen waren immer nur die allerschönsten. Sie behielten immer ihre Zweige, sie wurden auf Wagen gelegt und abtransportiert. „Wohin sollen sie?", fragte der Tannenbaum. „Sie sind nicht größer als ich, ja, da war sogar einer, der noch weit kleiner war. Weshalb behielten sie alle ihre Zweige? Wo fahren sie hin?"
„Das wissen wir, das wissen wir!", zwitscherten die Sperlinge. „Unten in der Stadt haben wir zu den Fenstern hineingeschaut. Wir wissen, wohin sie fahren! Oh, sie gelangen zur größten Pracht und Herrlichkeit, die

sich denken lässt! Wir haben zu den Fenstern hineingeschaut und gesehen, dass sie mitten in die warme Stube
hineingepflanzt und mit den herrlichsten Sachen, mit
vergoldeten Äpfeln, Honigkuchen, Spielzeug und vielen
hundert Lichtern geschmückt wurden!"

„Und dann?", so fragte der Tannenbaum und bebte mit
allen Zweigen. „Und dann? Was geschieht dann?"

„Ja, mehr haben wir nicht gesehen, es war aber unver-
gleichlich schön!"

„Ob auch mir dieses Los zufallen wird, diesen strahlen-
den Weg zu gehen?", jubelte das Bäumchen. „Das ist
noch besser, als über das Meer zu gehen. Wie mich die
Sehnsucht verzehrt! Wäre es doch Weihnachten! Jetzt
bin ich hoch und erwachsen wie die anderen, welche
das letzte Mal geholt wurden. Oh, wäre ich erst auf dem
Wagen! Wäre ich erst in der warme Stube mit all ihrer
Pracht und Herrlichkeit! Und dann? Ja, dann kommt
noch etwas Besseres, noch Schöneres, weshalb würde
man mich sonst so ausschmücken! Da muss noch etwas
Größeres, noch etwas Herrlicheres kommen ...!
Aber was? Oh, ich habe solche Sehnsucht, ich weiß
selber nicht, wie mir zumute ist!"

„Freue dich deiner!", sagten die Luft und der Sonnenschein. „Freue dich deiner frischen Jugend draußen im
Freien!"

Aber das Bäumchen freute sich gar nicht, es wuchs und
wuchs, Im Winter, wie im Sommer stand es in sattem
Grün da! Die Leute, die es sahen, sagten: „Das ist ein

hübscher Baum!" Und zur kommenden Weihnachtszeit wurde er zuerst, vor allen anderen Bäumen, gefällt!

An Weihnachten gehört der Tannenbaum einfach als fester Bestandteil dazu.

Nun ist unser Adventskalenderbuch zu Ende. Es besteht jedoch die Möglichkeit, es alljährlich zur Advents- und Weihnachtszeit wieder zur Hand zu nehmen.

Vielen Dank für die gemeinsame Zeit beim Lesen unserer Geschichten.

Ihr Küstenautoren-Team.

www.kuestenautoren.de

Die Autoren

Kerstin Schreiber

Ihre Wurzeln liegen im Ruhrgebiet, denn dort ist sie geboren, aufgewachsen und hat dort lange gelebt. „Der Ruhrpott – mein Zuhause". Nachdem sie eine Zeit in Berlin lebte, wurde Dithmarschen zu ihrer neuen Wahlheimat. Sie ist eine Autorin aus Fleisch und Blut…wie man so schön sagt. Man könnte aber auch sagen, sie steht hinter der Sache, die sie gerade anpackt. Selber betitelt sie sich als „Autorin zum Anfassen". Bereits 25 ihrer Geschichten wurden in den unterschiedlichsten Anthologien veröffentlicht. Viele ihrer Geschichten wurden bereits im Radio übertragen. Mit dem Hörspiel „Trio Fatale" feierte sie ebenfalls große Erfolge. Viele Lesungen veranstaltet sie mit der Gruppe der Küstenautoren. Sie ist Gründungsmitglied der Küstenautoren, betreibt die Kunterbunte Lesekiste mit Lesungen für Kinder und ist Mitglied der Mörderischen Schwestern.

Nähere Infos unter:

www.kerstinschreiber.com

Frank Volkelt

1963 in Kiel geboren und in Heikendorf aufgewachsen, wohnt er heute in Flintbek. Durch seine interessante Tätigkeit als Lokführer hat er viele Teile Deutschlands kennengelernt. Trotzdem ist er seiner Heimat in Schleswig-Holstein treu geblieben. Neben dem Hobby des Schreibens widmet er sich überwiegend seiner Modelleisenbahn. Zu der Gruppe der Küstenautoren gehört er seit 2015. Seine Kurzgeschichten wurden bisher in den Anthologien „Küstenliebe", „Mörderisches Schleswig-Holstein" und Mordstour veröffentlicht.

Frauke Sattler

Frauke Sattler wurde in Meldorf geboren und ist ihrer Heimatstadt treu geblieben. In dem kleinen Städtchen betrieb sie 26 Jahre lang ein Café. Seit 2013 schreibt sie Kurzgeschichten, die in unterschiedlichen Anthologien der Küstenautoren veröffentlicht wurden. Frauke Sattler ist Mitglied bei den Mörderischen Schwestern und sie ist ebenfalls Gründungsmitglied der Küstenautoren. Neben dem Schreiben ist sie mit textilen Arbeiten und sozialen Projekten beschäftigt. Sie ist gelernte Märchentherapeutin.

Veröffentlichungen in den folgenden Anthologien:

Teilweise sogar mit mehreren Geschichten.

Kerstin Schreiber:

Mordskohl

Mords Elfenbein

Und Wünsche werden wahr

Der Goldschatz zu Meldorf

Küstenliebe

Mörderisches Schleswig-Holstein

Mordstour

Bubenreuther Literaturwettbewerb

Frank Volkelt:

Küstenliebe

Mörderisches Schleswig-Holstein

Mordstour

Frauke Sattler:

Mordskohl
Der Goldschatz zu Meldorf
Küstenliebe
Mörderisches Schleswig-Holstein
Mordstour

FSC
www.fsc.org
MIX
Papier | Fördert
gute Waldnutzung
FSC® C083411

Zeitfracht Medien GmbH
Ferdinand-Jühlke-Straße 7
99095 Erfurt, Deutschland
produktsicherheit@kolibri360.de